지나온 계절은 전부 내 감정이었다

지나온 계절은 전부 내 감정이었다

오래 품은 나쁜 감정을 흘려보낸 나날들

초 판 1쇄 2025년 04월 24일

지은이 원 울
펴낸이 류종렬

펴낸곳 미다스북스
본부장 임종익
편집장 이다경, 김가영
디자인 윤가희, 임인영
책임진행 김요섭, 이예나, 안채원, 김은진, 장민주

등록 2001년 3월 21일 제2001-000040호
주소 서울시 마포구 양화로 133 서교타워 711호
전화 02) 322-7802~3
팩스 02) 6007-1845
블로그 http://blog.naver.com/midasbooks
전자주소 midasbooks@hanmail.net
페이스북 https://www.facebook.com/midasbooks425
인스타그램 https://www.instagram.com/midasbooks

ⓒ 원 울, 미다스북스 2025, *Printed in Korea*.

ISBN 979-11-7355-219-9 03810

값 19,500원

미다스북스는 다음세대에게 필요한 지혜와 교양을 생각합니다.

오래 품은 나쁜 감정을 흘려보낸 나날들

지나온 계절은 전부 내 감정이었다

원 울 에세이

미다스북스

노을이 지면 당신과 함께할게요

당신의 인생에 제가 작은 그림자가 되었으면 합니다.

큰 기억은 원하지 않습니다.

단지, 저의 글이 당신의 인생 속 문득 떠오르는 조그마한 조각 기억으로 남았으면 합니다. 이 기억의 조각들이 자극적이진 않아도 당신에게 작은 사랑으로 돌아갔으면 합니다.

해가 지면 잊었던 그림자가 다시 나타나는 것처럼 당신의 인생 속 어두운 시절 기억나는 글이 되었으면 합니다. 모든 이의 행복을 바라는 저에겐 이 문장들이 생각나지 않기를 바라면서도 한 편으로는 가끔 찾아와 위로를 받기 바라는 이중적인 마음을 갖고 있습니다.

그래도 이왕이면 다시 찾아오는 그날에는 행복이 가득한 일상에서 과거에 힘들었던 나를 떠올리는 마음으로 찾아와주기를 바랍니다.

행복하세요. 좋은 일만 가득하세요.
좋은 말은 열 번, 백 번, 천 번 들어도 절대 질리지 마세요.
사랑합니다.

목
차

프롤로그 005

노을이 지면 당신과 함께할게요

1부
까만 밤.
무(無)색 계절

'나'에게 없을 것 같았던 낯선 단어 015

나도 내가 왜 그러는지 모르겠어 017

몸은 준비할 시간을 주지 않습니다 022

나의 24시간 026

과거를 부러워하지 말자 029

나, '정상이지?' 033

차라리 몸이 아팠다면 038

공황장애 042

당신에게도 올 수 있습니다 047

검정색 감정 052

2부
겨울. 억압된 감정을
놓아주는 작은 시도

꿈이 있기에 오늘도 나아간다 059

현실은 돌고 돌았을 뿐이다 061

보고 싶어서 고마웠다 063

추억이 맞을까? 065

기억하자. 지금 이 순간을 066

이별 공식 증후군 068

연인의 줄 070

내 가치를 떨어뜨리는 사람 072

기억 지우개 074

꿈과 무의식 사이. 그 어딘가에서 078

나의 본모습 079

그건 사랑 아니야 081

사랑은 일방적이기에 불공평하다 083

타로, 사주, 점 그리고 재회 주파수 084

이별 명장면 086

연인 버킷리스트 088

정말 좋아했구나 090

. 091

이 문 좀 열어주세요 092

배려와 감정 쓰레기통 094

공포학습법 096

칭찬이 주는 통증 099

혹시나 하는 마음 101

이별갱신 102

정리를 시작한다 103

나에게 맞추기 104

3부
봄. 감정에 피어나는
새로운 싹

예쁜 사람 109

사라지는 사람들 111

혼자 했던 착각 113

바다 보러 갈래? 115

마음에서 나오는 선물 118

봉인해제 120

알면서 하지 못한 후회 122

상상만 하지 마 124

스쳐 간 인연 126

저장되는 사람 128

내 인생 마지막 순간 가는 법 129

이 사람은 피해주세요 131

관계 그리고 차이 133

외로움을 사랑하는 과정 135

영원한 것은 없기에 137

삶의 확률 높이기 139

당신. 운이 참 좋다 141

아픈 만큼 행복하세요 143

남자가 하는 사랑 방식 145

하루 147

청개구리 148

닮고 싶은 사람 150

고민하지 말고, 떠나 153

해와 달 그리고 별 155

명작 영화 156

떡볶이집 할머니 158

작아진 나 160

생각하기도 싫은 날 161

당신의 기념일 162

잘 자 165

용서를 왜 해 166

어둠 속 나아가기 167

언어의 예의 169

지나간 시간과 후회 172

착한 사람. 예뻐해 주세요 175

한결같은 존재 177

적응할 수 없는 통증 178

술 마실래? 180

4부
여름. 성장에 꼭 필요한
감정인 아픔

외로움의 짐 182

설득의 한계점 184

사랑해서 변하지 않습니다 186

잘못 낀 단추 188

감정의 메이크업 190

툭 던진 말이 가장 위험하다 192

위로가 필요하다면 말해줘 197

이별의 아픔은 당연하다 198

내가 좋아하는 것을 안다는 축복 200

이제는 그래도 나름 즐겁더라 202

나를 사랑하는 말 204

소중함 속 유통기한 206

이겨내지 말고, 흘려보내 봐 208

더 힘든 날이 올 수도 있습니다 210

돈이 보여주는 감정 212

말없이 가족이 사랑하는 법 215

오늘도 지나가는 소중함 217

인연은 반드시 온다 219

가끔, 아픔이 알려줄 때 221

하루를 살아가게 해주는 말들 223

당첨을 축하합니다 224

좋은 사람 나타나 주세요 227

딸기는 윙크 맛이야! 230

마지막이라는 걸 알면 달라질까요? 232

5부
가을. 나라는 사람과
나의 마음

나의 가치 알아가기 237

완벽한 사람으로 만들지 않았으면 239

몰라서 미안해 241

기억 길을 걷는다 243

진짜 성격을 아시나요? 246

둘이 되는 과정 248

행복이 만들어준 주름 250

감정을 마주해본 적이 있나요? 253

위로하는 방법을 아시나요? 256

나에게는 사소한 상처란 없다 262

하나씩 정리하기 266

지나온 계절은 전부 내 감정이었다 269

이 세상에 남는 방법 272

에필로그 275

세상에서 가장 소중한 나

1부

까만 밤. 무(無)색 계절

\# 지나가는 모든 사람의 옷 색은 검은색입니다.

\# 그 와중에도 제 몸은 머리부터 발끝까지 모두 검정색이네요.

색이 없는 계절을 느껴본 적 있나요?

사계절을 상상하면 많은 색이 떠오르지만,

어느 날. 사계절의 모든 색이 없어질 때가 있습니다.

마치, 새하얀 도화지에 연필로만 그림을 그린 듯한 광경이 눈 앞에 펼쳐집니다.

그림은 색만 칠하면 끝나는 게 아닌, 그림 속 모든 사람과 사물에는 표정이 없습니다.

아직 그리기 전인 건지, 아니면 그렸던 표정을 지웠는지는 모르겠습니다.

그래도 이 그림을 보고 있으면 한 가지는 확실한 것 같습니다.

이 그림 속 감정이 없어진 것처럼 마음속에 까만 밤이 찾아올 때는

어떤 감정도 느낄 수 없다는걸요.

계절은 생각보다 많은 역할을 했나 봅니다.

무색으로 나에게 찾아온 계절은 예쁘던 자연도, 어떤 향기도 더 이상

느낄 수 없습니다. 계절의 색이 빠지니 내 모든 일상도 천천히 색이 빠집니다.

나에게 남겨진 색은 체온밖에 없습니다. 이마저도 눈으로 보이는 것은

아니기에 이젠, 다시는 색을 마주할 순 없을 것 같습니다.

'나'에게 없을 것 같았던 낯선 단어

"다녀왔습니다."

　하루를 끝내고 집에 도착했을 땐 이미 모든 가족이 집에 와 있었다. 거실에 다 같이 모여 TV를 보고 있는 가족 곁으로 나는 옷도 갈아입지 않고 자연스럽게 앉았다. 엄마가 깎아주는 사과를 받아먹으며 화면 속 뉴스를 보고 있는데 처음 보는 단어가 흘러나왔다.

　"연예인 ○○○ 씨가 오늘 공황장애로 프로그램 중도 하차를 선언했습니다. ○○○ 씨는 평소……."

　"엄마. 공황장애가 뭐야?"
　"음…. 사람을 힘들게 하는 마음의 병이야."
　"근데 공황장애에 걸렸다고 프로그램을 하차할 만큼 힘들어?"
　"글쎄? 엄마도 걸려본 적이 없어서 모르겠어."
　"저런 병에 왜 걸리는데?"

엄마는 그 질문에 더 이상 답을 하지 않았다. 아마 엄마도 걸렸던 적이 있지만 그 기억을 다시 꺼내기 싫었던 건지, 아니면 정말 몰라서 그랬던 건지 알 수 없다. 하지만 그날 대화는 잔잔하면서도 머릿속에 저장이 될 만큼 색다른 기억이었다. 하지만, 단지 그 시절 나에겐 지나가던 대화, 잊혔던 기억 중 하나일 뿐이었다. 내 주변엔 그런 병을 가진 이도 없었고 나와는 전혀 상관이 없는 낯선 단어라 생각했기 때문이다.

아마 그때로 다시 돌아가더라도 그럴 일은 절대 없겠지만 만약 그 낯선 단어를 듣고 작은 호기심이라도 생겨서 그 병을 찾아봤다면 지금의 나는 조금이라도 달라졌을까?

사람 일은 한 치 앞을 알 수가 없다. 나와 전혀 상관없던 일이 나의 본업이 되기도 하고, 절대 친해지지 않을 거로 생각했던 사람과 둘도 없는 친구를 맺기도 한다. 그런 결과들은 결국 내가 선택한 것이지만 내 미래도 예측할 수 없는 것처럼 삶을 예견할 순 없다.

마치, 나도 엄마와 했던 이야기가 10년 뒤 나의 현실이 될 줄 몰랐던 것처럼….

나도 내가 왜 그러는지 모르겠어

눈을 떴다.

오늘도 난 눈을 뜨질 않길 바랐다. 며칠 아니 몇 달째인지 이렇게 산다는 게 어떤 의미가 있는 건지 모르겠다. 분명 그전처럼 똑같이 일어나서 준비하고 일을 하고 하루를 보내는 건 같은데 내 몸에 문제가 생긴 이후로 산다는 의미가 많이 달라졌다.

숨을 쉬는 것에 감사하고, 햇빛을 본다는 것에 감사하고, 그냥 산다는 것에 감사함을 느끼던 내가 더 이상 이 모든 삶에 감사함을 느끼지 못한다. 하루하루가 지옥 같고 자기 전 눈을 감으며 이대로 영원히 잠드는 것도 나쁘진 않겠다고 생각하며 잠이 든다. 그렇다고 스스로 끝을 보기에는 겁이 많아서 나쁜 의도를 생각만 할 뿐 시도를 한 적은 없었다.

하루살이들은 하루하루가 정말 소중하고 하루의 끝을 마주할 때마다 아쉬움이 남을 것이다. 그런 하루살이까지 부러워진다는 것은 내가 얼마나 절망적인 상태인지를 알 수 있었다. 밤이 지나 잠에서 깬 후 심장이 천천히 느껴지기 시작했다.

'두근두근 두근두근······.'

병원에서는 이 심장 소리를 느낀다는 건 내가 살아 있다는 증거라며 좋게 생각하라는데 도저히 그게 용납되질 않는다. 이게 정말 살아 있는 증거였다면 내가 태어났을 때부터 이 소리를 느껴야 하지 않을까? 이런 생각을 할수록 내 몸이 내는 소리는 더욱 커질 뿐이다. 이 소리를 듣기 싫어서 당장 일어나 화장실로 향했다.

오늘도 난 자면서 울었나 보다. 눈물 자국이 볼까지 있는 걸 보니. 남자들이라면 누구나 하는 장난 중 하나인 세수를 하며 내가 잘생겼다고 느끼는 재미가 이제는 없다. 거울 속 비친 내 얼굴은 그저 슬펐다. 뭐가 그리 슬픈지 입꼬리는 내려가 있고 눈동자에 비친 내 모습은 세상을 잃은 표정이었다. 침대에 두고 왔으면 했던 그 소리는 여전히 나를 따라 화장실까지 왔다. 답답한 마음에 가슴을 두 손으로 두드리기도 하고 팔을 세게 꼬집어 보기도 했다.

"그만 좀 들리라고 제발. 나 좀 그만 쫓아다녀."

말하고 생각할수록 더욱 쫓아다니는 지겨운 존재다. 그런 와중에도 씻고 집을 나섰다. 살아 있다는 것 자체로 몸은 쉴 수 없었다. 아니 쉰다는 것 자체가 나에겐 아까운 시간이었다. 몸은 항상 나에게 쉬라고 신호를 보냈지만, 나는 그럴 수가 없었다. 가만히 집에 있다는 것 자체가 나에겐 더 큰 스트레스라는 걸 누구보다 잘 아는 나니깐.

사람에게는 쉼이 필요하다.

하지만 난 그 쉼이 싫었다. 쉬는 행위 자체로 타인보다 뒤처진다 생각했고 멍을 때리거나 가만히 있으면 온몸이 근질거려서 참을 수가 없었다. 그게 자연스러운 나인 줄 알았다. 뒤늦게 알게 된 사실이지만 그런 행동은 나를 얽매이고 숨을 못 쉬게 하는 행위였다. 조금이라도 빨리 알았다면 얼마나 좋았을까.

오늘도 일을 하러 가기 전 예약된 병원이 두 곳이나 있다. 병원은 나에게는 일상이다. 가서 검사를 해도 정상이라는 걸 알면서도 그 말을 듣지 않으면 더욱 불안했다. 작은 안식처랄까? 정상이라는 말을 들으면 그래도 그 하루는 조금 괜찮아지는 기분이다. 내가 보는 나조차 한심해 보인다. 지나가는 사람들은 전화하며 웃기도 하고, 여러 명이 걸어갈 때는 스치는 대화 속 행복이 느껴지기도 한다. 나만 동떨어진 기분. 나 혼자 다른 세상을 사는 것 같다. 이게 꿈인지 현실인지 차라리 꿈이었다면. 누군가 이 꿈을 깨워주며 괜찮냐고 한마디 해준다면 얼마나 행복할까.

잠긴 생각을 뒤로 한 채 나는 차에 탔다. 내가 가장 좋아하던 내 차이지만 이제는 두려운 존재가 되었다. 차에 타서 시동을 켜자 스마트워치는 심박수 경고 알림을 보냈다. 정신과에서는 이 알림은 지금의 나에겐 아무 의미 없는 심리적 알림이고 웬만하면 스마트워치를 차지 말라고 권유했다. 하지만, 심박수를 확인하지 않으면 무섭다. 가족한테도 말 못 하는 내 심정. 그게 지금 내 현실이다.

가만히 차에 앉아서 보는 스마트워치 속 심박수는 어느새 135회를 넘겼다. 천천히 눈을 감고 심호흡했다. 10초. 30초. 1분. 3분. 시간이 지나고 조금씩 내려간 심박수를 확인한 나는 출발했다. 아무래도 첫 공황발작 증상이 운전하다가 나타난 만큼 운전은 나에게 큰 시련 중 하나다. 엊그제는 친형, 어제는 친한 형, 오늘은 누구에게 전화를 걸면서 운전할까. 운전 중 누군가와 이야기하지 않으면 이 불안을 이겨낼 수가 없었다. 병원에 도착한 후 정상이라는 말을 듣고 조금은 가슴이 시원해지는 기분이었다. 꽉 막힌 가슴에 조금씩 공기가 들어오는 느낌이 든다.

　고개를 들어 주위를 천천히 살펴봤다. 나이가 지긋하신 어르신부터 정말 아파 보이는 어린아이까지. 나이와 아픔은 상관이 없다는 걸 다시 한번 느끼면서도 한 편으로 외적인 부분에 아무 이상이 없어 보이는 내가 여기에서조차 다른 사람으로 느껴진다. 분명 여기 있는 대부분의 사람이 나보다 더 슬펐고 힘들었던 삶을 살았다는 것을 알면서도 위로가 되질 않는다. 지금의 난 나를 이겨내지 못한다는 걸 누구보다 잘 아니깐.

　병원을 나온 나는 일을 하고 집에 온다. 이게 나의 반복적인 하루다. 모든 사람과 다를 게 없어 보이는 하루지만 나조차도 내가 왜 그러는지 모르겠다. 차라리 타인에게 '마음의 병이 실제로 아프다는 것을 알려준다면 위로라도 받을 수 있지 않을까?'라고 잠시나마 생각해본다. 하지만, 애초에 겉으로 티를 내는 성격도 아니고 누군가에게 의존하는 것도 싫고 언제나 혼자였고 그래서 이제는 혼자 이겨내는 것을 택했다.

그래도 지금은 누군가가 나를 찾아줬으면 좋겠다. 조용히 곁에 다가와 '괜찮아?'라고 진심 어린 한마디를 듣는다면 댐이 터지듯 눈물이 흐르지 않을까 싶다. 아픈 마음을, 다친 감정을, 속상한 나를 아무나 봐줬으면.

오늘도 난 보이지 않는 감정의 벽을 두드릴 뿐이다.

몸은 준비할 시간을 주지 않습니다

어렸을 때부터 안 좋은 습관이 있었다.

몸에 이상 신호가 와도 대수롭지 않게 생각했고 매번 움직이지 않을 정도가 돼야 누군가의 부축을 받아 병원을 갔다. 나처럼 병원을 가지 않는 사람도 분명 많을 것이다. 그리고 또 한 가지. 병원이 싫었다.

병원을 싫어했던 이유는 첫 번째로 특유의 병원 냄새가 싫었고, 두 번째로 내 몸이 아프다는 걸 인정하지 못했다. 지금 아픈 증상은 하루 자고 일어나면 낫는다고 생각했었다. 성인이 되기 전까지 병원을 방문한 건 이마가 찢어지고 응급실에 내원했을 때, 맹장 수술, 왼쪽 팔 인대 문제로 인한 깁스 외에는 없었다. 이렇게 보니 의외로 건강하고 튼튼한 것 같기도 하다. 아니 튼튼한 게 분명 맞았다. 아픈 게 싫었던 게 아니라 아프다는 느낌을 잘 몰랐었다.

내 아픔은 언제부터 시작이었을까?

몸의 아픔이 먼저였을까 아니면 마음의 아픔이 먼저였을까?

지금 와서 돌이켜보니 내 몸은 아프지 않았었다.

단지, 감정을 참는 습관이 있었다.

나는 기분이 좋지 않을 때 그 감정을 드러내기 싫어했고 어디서든 행복한 사람이길 원했다. 무슨 일이 있더라도 주변 사람들에게 긍정적인 마음을 보여주려 했었고 대부분의 책임을 나 스스로 지려고 했다. 그래서인지 불행 중 다행히도 나를 좋게 봐주는 사람이 많다. 이 친구는 정말 열심히 살고 웃음을 잃지 않는 사람이라고 듣고 나도 그렇게 믿었었다.

하지만 마음속 나의 진실한 시선이 거짓말이라고, 그건 착각이라고 조금씩 말을 했었다. 나의 긍정적인 마음은 점점 사그라지기 시작했고 부정의 감정을 느끼기 시작했다. 부정적인 것을 있는 그대로 받아들이며, 억지로 하는 것에 대한 스트레스를 심하게 받기 시작했다. 그 와중에도 습관이 남아 있어 겉으로 티를 내지 못했다. 스트레스는 조금씩 쌓이며 내 마음에 요동을 주기 시작했다. 사람과의 관계, 하고 있던 일, 미래에 대한 불안감, 잘하고 있는지에 대한 나의 믿음. 왜 이렇게 불안했을까. 뭐가 나를 이렇게 불안하게 만들었을까.

그렇게 쌓이던 스트레스는 한계라는 게 존재했고 영원할 것 같던 나의 참을성은 한순간에 터졌다. 심리적으로만 고통을 주던 스트레스는 더 이상 마음의 병으로만 남지 않았다. 몸에 조금씩 이상이 나타났다. 작게는 손발 떨림부터 몸이 차가워졌다. 뜨거워지기도 하고 심박이 빨라지기도 느려지기도 했다. 신체리듬에 금이 간 것이다.

몸은 준비할 시간을 주지 않았다. 그저 반응할 뿐.
치과는 언제 가야 가장 좋은 건지에 대한 질문에 지금 당장이라는 말이

맞는 것처럼, 몸과 정신에 대한 기다림은 더욱 큰 후회를 남길 뿐이다. 나라에서 건강검진을 매년 주기적으로 권고하는 것도 결국 아파서 받으라는 이야기가 아니다. 아프기 전 또는 숨겨져 있는 아픔의 징조를 미리 찾아내 예방하라는 의미다. 몸에서 이상 신호가 아닌 통증이 시작한다는 것은 이미 돌이키기 힘들 정도의 병이 나타났다는 증상일 수 있다.

병원 검진 때 선생님에게 들었던 말이 있다. 모든 장기 중 가장 예민한 곳은 위라고. 대부분의 심리적인 힘듦을 갖고 있는 사람에게 나타나는 몸의 통증은 위부터 시작한다. 정상적인 사람도 스트레스를 받으면 소화가 안 되거나 위장장애가 나타나기도 한다. 그래서 내 개인적인 경험에 의한 생각으론 공황장애를 앓고 있는 이들에게는 위와 심장에 관한 이상 증세가 묶음으로 나타난다. 참으로 사람이 살아가는 데 가장 불편한 곳에서만 나타나는 것 같기도 하다. 기본적으로 밥을 먹고, 운동을 하고, 움직이는 데 영향을 주는 곳들에서만 난리가 난다. 이것도 신의 뜻인지, 일상생활에 영향이 있어야 나의 아픔을 느낄 수 있다는 작은 경고인 걸까.

나에게 소중한 사람, 나를 소중하게 생각하는 사람. 챙겨야 한다. 소중한 사람에게도 몸과 마음에 대한 관리를 함께 나눌 수 있는 사람이 되었으면 한다. 소중한 사람이 심적인 아픔을 겪고 있는 느낌을 받는다면 모른 척하지 않으면 한다. 단지, 이야기라도 들어줬으면 한다. 사람은 누구에게나 마음속 응어리가 있다. 응어리는 단순한 대화만으로도 사라질 수도 있고, 좀 더 단단한 문제라면 많은 노력이 필요할 것이다. 그래도 이야기를 들어준다는 건 그날만큼은 밤에 푹 잘 수 있는 편안함을 선물해 줄 순 있다. 안타깝게도 심리적인 질병은 쓸쓸함과 외로움에서 시작하기에. 조금만 그들의 이야기를 들어줬으면 좋겠다.

나의 24시간

모든 사람에겐 하루에 동일한 시간이 주어진다.

24시간.

짧게도 길게도 어떻게 사용할지에 따라 다르게 느껴지는 하루라는 시간. 24시간 중 잠을 자는 시간을 제외하곤 보통 17시간 정도가 깨어 있는 시간이다. 이 시간이 공황 전에는 짧다고 느꼈다. 평일에는 일하러 갔다가 운동을 하고 저녁을 먹고 조금 쉬다 보면 하루라는 시간이 지나갔다. 하루하루가 아쉬웠고 하루하루가 아까웠다.

나이를 먹을수록 1일, 1달, 1년이라는 시간이 짧게 느껴지고, 시간이 빠르게 지나간다는 것이 속상했다. 내 시간이 남들보다 조금 더 길었으면 하는 바람도 있었고, 하루의 해는 왜 이렇게 빨리 지는지.

그래서일까? 어렸을 적엔 잠을 자는 게 아깝다고 느낀 적이 있어서 수면시간을 줄여보기도 했다. 4시간을 잤다던 나폴레옹이 부러워 그걸 따라 해 봤지만, 애석하게도 나는 '나폴레옹 수면법'과는 멀리 있는 사람이라는 것을 금방 알았다. 4시간을 자면 하루, 이틀까지는 괜찮았지만 3일

째부터 사소한 것에 예민해진다는 것을 곧바로 느낄 수 있었고 5일째가 되는 날 더는 하면 안 된다는 것을 느끼고 멈췄던 기억이 있다. 아마 그 이후엔 12시간이 넘는 숙면을 취했었다.

　나는 잠이 많다. 그것을 인정했고 지금은 잠을 자는 시간을 아깝다고 생각하지 않는다. 오히려 7~8시간을 자면 몸이 개운하고 기분도 좋다. 하지만, 9시간을 넘게 자면 온몸이 뻐근하고 컨디션이 나빠지는 것을 알았다. 나에게 필요한 수면 시간을 알게 된 후부터는 수면에 관련된 정보를 더 이상 찾지 않았다.

　수면에 대해 분석하며 느꼈던 것은 결국 수면 시간을 줄이면서 활동 시간을 늘리는 건 나의 성장에는 아무 관련이 없다는 것이다. 글을 쓸 때도 똑같이 10페이지를 쓴다는 가정하에 어떤 날은 머릿속에서 문장이 끊기지 않아 15분 내에 쓰는 경우가 있다. 그와 반대로 어느 날에는 5줄의 문장조차 2시간 넘게 고민만 하다 못 쓰는 날도 있다. 이제는 집중의 중요성을 어느 정도는 알기에 글을 쓰는 걸 정말 좋아하지만, 글이 써지질 않는 날엔 쓰는 걸 멈추고 다른 행동을 한다. 이처럼 시간보다는 집중이 나에겐 더 큰 의미가 있기도 하다.

　시간은 돈으로 살 수 없는 무엇보다 값진 재화다.
　한 번 지나간 시간은 두 번 다시 돌아갈 수 없고 과거에 있었던 모든 일은 수정할 수 없다. 그렇게 중요했던 시간을 나는 2년 넘게 버리며 살아왔었다. 몸이 아픈 후부턴 시간이 중요하지 않았다. 그저 이 시간이 나에게만 멈추길 바랐다. 주변에서 들리는 결혼 소식, 승진, 좋은 일은 나에겐 더 큰 비극을 안겨줬었다. 나만 같은 시간 속에서 영원히 멈춰 있는 느낌이었다. 내 시간도 분명 흐르고 있었지만 정작 나는 그 시간이 지나간다는 느낌을 받지 못했다. 내 마음과 내 감정이 내 시간까지 잡아먹고 멈추게 했던 것이다.

애석하게도 느낌만 그랬을 뿐 정신을 차렸을 땐 이미 나이를 먹었고 나의 소중한 시간이 저만치 흘러간 후였다. 지금은 하루하루도 너무 아깝고 낭비할 수 없는 시간인데. 이렇게 긴 시간을 낭비한 것은 정신 차린 나를 더 힘들게 했었다.

비록 시간은 다시 되돌릴 순 없지만 이제는 더 이상 멈춰 있을 수 없기에, 남들보다 멈춰 있던 만큼 조금 더 빠르게 나아갈 수 있도록 움직인다. 과거의 시간을 낭비한 현재의 내가 미래의 나에게는 더 이상 미안한 감정을 줄 수 없기에 날마다 의미 있게 보내려 한다.

당신의 시간은 소중하다.

그 시간을 낭비하지 않았으면 좋겠다. 그리고 당신의 시간만큼 소중한 사람의 시간도 똑같이 흘러간다. 주변을 좀 더 바라보고 조금이라도 더 챙겨줬으면 한다. 시간은 생각보다 빠르게 흘러가고 흘러간 시간에 조금이라도 덜 후회할 수 있도록.

당신의 24시간이 행복하기를 바라며.

과거를 부러워하지 말자

"나는 재작년에 사업을 했었는데 되게 잘됐어."
"예전에 그거 할 때가 가장 행복했는데."
"여기 예전에 왔었는데 그때는 되게 좋았어."

요즘 나에겐 나도 모르는 버릇이 있었다. 무슨 말을 할 때 꼭 과거에 상황을 붙이고 그때를 그리워하는 것. 하지 말라는 것 중 1순위로 뽑히는 과거를 부러워하는 것. 이러한 무의식의 습관을 알게 된 것도 가장 친한 친구 덕분이었다. 아마 그 친구가 이야기해 주지 않았다면 아직도 몰랐을 것이다.

"너 이야기할 때 계속 예전의 너를 말하는 거 알아? 듣는 사람이 기분 나쁘게 이야길 하진 않는데 지금의 너를 너무 깎아내리는 것 같아서 보기 좋진 않다."

친구가 나에게 했던 말. 낯선 누군가에게 들었다면 기분이 나쁠 수도 있겠지만 가장 친한 친구가 해준 말이기에 나에게는 누구보다 진득한 조언이었다. 언제나 정점으로 유지하던 나의 자존감이 어느 순간부터 이렇게 낮아졌던 건지. 지금은 알 수 없었다. 하지만, 확실한 건 지금의 나는 내 인생 중 '나'라는 사람이 가장 마음에 들지 않는 순간이라는 것이다.

실패한 사업이 원인이었을까?
최근에 있던 이별통보로 인한 충격이 원인이었을까?
공황장애가 주는 공포가 나를 소심하게 만든 걸까?
그것도 아니라면 지금의 내가 단지 마음에 들지 않는 걸까?

돌이켜 생각해 보니 요새는 어떤 다짐을 하더라도 조금 힘들 것 같다는 생각을 많이 한다. 예전이었다면 그게 힘들 순 있어도 일단 해보자는 생각을 가장 먼저 했을 텐데. 차라리 시도하고 실패를 하더라도 그것을 하고자 했던 나 자신을 칭찬했을 텐데.

이 사실을 알고 가장 먼저 했던 것은 핸드폰 앨범 정리였다. 나는 고등학생 때부터 모든 사진을 핸드폰에 갖고 있었다. 핸드폰을 바꿀 때면 모든 사진을 그대로 새로운 핸드폰으로 옮겼었다. 가끔 보는 과거의 일상이 나름 재밌었다. 하지만 추억과 재미로 유지하던 과거 사진들은 지금의 나에겐 부러움으로 나타났고 더는 이 사진들을 보면 안 된다는 걸 깨달았다. 그래도 다시 나아진 내가 보고 싶어 할 수도 있으니, 삭제는 하지 않고 전부 컴퓨터 속 구석진 폴더에 사진들을 옮겨 놨다. 내가 다시 멋진 사람이 되었을 때 그땐 웃으며 그 사진들을 열어볼 것을 다짐하면서.

천천히 돌이켜 생각해 보니 공황장애 전후로 확실히 자존감이 많이 낮아졌다는 걸 깨달았다. 공황장애는 몸에 생기는 이상증세로 인해 불안감이 증폭되다 보니, 내가 평소에 아무렇지 않게 하던 모든 것에 브레이크가 걸리기 시작했다. 무언갈 새롭게 시작할 때 할 수 없다는 생각이 나를 지배했었다. 평범한 삶에 생기는 브레이크는 나의 일상부터 꿈을 천천히 감춰 지워버리기 시작했고 결국엔 나 자신을 깎아내렸다. 그러면서 집에 있는 시간이 길어지고 규칙적인 생활을 하지 못한 내가 안 좋은 모습으로 스스로 변하는 것을 보며 나 자신을 잃어갔었다.

　누군가 보면 '그냥 하면 되지. 왜 그것도 못 해?'라고 생각할 수도 있는 내용이지만 겪어보지 않는다면 그 무서움을 느낄 방법은 없다. 글을 아무리 잘 쓰고 이해를 쉽게 할 수 있도록 풀이해도 경험을 하지 않으면 이해할 수 없는 것이 있다. 그나마 한마디로 풀이하자면 살고자 하는 욕구가 많은 사람이 가만히 있어도 죽겠다는 감정을 매초 느끼는 것이다.
　그러다 보니 자연스럽게 건강했던 과거의 나를 부러워했다. 과거의 내가 했던 조그마한 인생 업적들이 부러운 게 아니었다. 그냥 그 일상을 아무 걱정 없이 이행할 수 있던 나 자신이 부러웠다.

　평범하다는 것이 얼마나 행복한 것인지.
　그리고 그 행복을 너무나도 당연하게 생각하며 살아왔던 나 자신이 조금은 미웠다.

스트레스를 조금만 더 관리했다면
건강을 조금이라도 더 챙겼다면
남보단 나를 조금만 더 챙겼더라면
이런 일이 벌어졌을까?

지금 당장 과거로 돌아갈 수 있다고 해도 나는 나라는 사람과 그 성격을 알기에 똑같이 행동하고 살았을 것이다. 그렇기에 이제는 과거를 생각하지 않고 미래의 나에게 고맙다는 말을 듣고 싶어서 어느 정도는 내 멋대로 살려고 한다. 내가 힘들다면 적당히 눈치도 보자. 다른 사람의 시선도 중요하지만, 나의 시선으로 나를 더 바라보자. 그리고 나를 1순위로 응원해 주자. 주위에서 나를 보는 시선이 조금은 떨어지더라도 나라는 사람 자체로는 조금 더 행복해질 수 있으니.

그렇게도 살아보자.

나, '정상이지?'

어렸을 적 잠에서 깨면 아무 생각이 없었다. 그저 학교 갈 생각, 출근할 생각. 이 모든 것이 아침의 나보다 더욱 중요한 숙제였다. 하지만, 언제부턴가 아침에 일어나면 몸 상태를 가장 먼저 체크했다. 컨디션이 불안하다고 그날의 일정을 멈추진 않았지만 내 몸이 좋지 않다고 느껴지는 날에는 평소보다 일찍 일어나서 걸음에 여유를 주며 집을 나왔고, 컨디션이 좋은 날에는 이동하는 중간마다 뛰는 행위를 하며 몸을 가볍게 했다.

그렇게 사소한 일상에 관리를 조금씩 껴놓아도 공황의 늪에선 벗어날 수 없었다. 가끔 찾아오는 흉통은 여전히 나에게 불안을 제공하며 공황 증상이 같이 올라오기도 했다. 흉통의 원인은 몸에 있지 않았다. 단지 스트레스를 받거나 음식을 잘못 먹어서 위에 문제가 있다는 건 알고 있었다. 하지만 내 몸은 통증의 감각을 습득하지 못하는 게 분명했다. 수천 번의 비슷한 감각인데 왜 몸은 습득하지 못할까. 살기 위해서, 아프지 않기 위해서, 금방 회복하기 위해서 하는 모든 몸의 반응이 이제는 나를 갉아먹었다. 머리와 몸이 따로 논다는 표현이 가장 정확한 말일 것 같다.

공황이 찾아오는 날에도 어김없이 일을 하고 하루를 보낸다. 나에게는 일상생활이 힘든 만큼 참을 수 없는 고통이지만 회사나 다른 이들은 이 고통을 이해하지 않는다. 아니, 이해하지 못한다는 게 맞는 표현인 것 같다. 나도 이런 감정을 느끼지 못한 상황에서 나와 같은 사람이 나타난다면 이해할 수 없을 것이다. 이 전에 봤던 지금의 나와 비슷한 사람들을 이해하지 못하는 것처럼.

공황장애 환자는 스스로 이겨내는 것 말고는 방법이 없다. 약은 보조로 도와줄 방법의 하나일 뿐이며 병원도 마찬가지다. 결국 스스로 자신감을 찾고 몸에 대한 믿음이 생겨야 이겨낼 수 있다. 만약, 내 주변 사람이 힘들어하는 모습을 보고 도와주고 싶다면 단 한 가지 방법이 있긴 하다.
그건 바로 "나 정상이지?"와 같은 질문을 듣는다면 "맞아. 너는 누구보다 정상이고 좋은 사람이야."와 같은 말을 해주는 것이다.
자신감은 스스로 생길 수도 있지만 누군가의 응원이 있다면 더욱 빠르게 회복할 수 있다. 불행과 우울감이 공황을 만들어 냈다면 응원과 행복감은 공황을 이겨낼 힘을 만들어준다. 그리고 그 힘은 주위 사람들의 칭찬으로 더욱 큰 힘을 발휘한다.

물론, 정말 힘든 사람들은 처음 해주는 칭찬이 어색하다. 오히려 더 크게 과민반응을 할 수도 있다. 내가 해준 칭찬에 나를 놀리는 건 아닌지, 너는 나와 같은 입장이 아니기에 말로만 하는 거짓말이 아닌지, 네가 해주는 말은 나를 더 힘들고 비참하게 한다고 말하며 부정적인 반응을 보일 수 있다.

그런 갑작스러운 반응을 당신은 넘어갈 수 있길 바란다. 그들은 마음이 아픈 사람들이다. 사람은 상황, 기분에 따라 똑같은 말에 기분이 좋기도, 나쁘기도 하다. 그러니 응원에 대한 답이 부정적인 반응이라도 진심만은 아니라는 걸 알았으면 한다. 부정적인 반응을 보여도 마음 한편엔 미안한 감정을 갖고 있을 것이다.

공황장애를 겪는 사람이라면 나에게 응원의 메시지를 주는 사람을 밀어내지 않길 바란다. 눈앞에 전달되는 응원 메시지에 부정적인 말이 나오더라도 그 이후엔 진심으로 사과를 전하길 바란다. 마음의 병을 이해하려 노력하는 사람은 자신의 인생에서 손을 꼽을 정도로 두 번 다시 나타나지 않을 만큼 소중한 사람이다. 자신의 마음도 챙기기 바쁜 현대에서 누군가의 마음을 신경 써준다는 건 특별한 사람이다. 그만큼 자신만큼 당신을 소중히 생각한다는 증거이기도 하다. 다시 한번 따뜻한 말을 전하는 사람을 밀어내지 않길 바란다. 나를 걱정해 준다는 것. 그것 하나만으로도 나에겐 인생에 몇 없는 중요한 사람이다.

또한, 나 스스로 이겨낼 수 있는 분위기를 만들었으면 한다.

공황은 늪과 같은 존재다.
허우적거리며 이겨내려 해도, 가만히 내 몸을 내버려 두어도 나를 안 좋은 방향으로 흘러가게 만든다. 이 늪에서 벗어나려면 늪 밖에서 해결

책을 찾을 수 있어야 한다. 공황장애라는 늪 속에서 해결책을 찾는다면 평생 공황장애라는 늪을 빠져나올 수 없을 것이다. 공황장애를 이겨내고 싶다면 늪에 대해 생각하지 말고, 매일 일어나는 하루 속에 작은 행복과 나의 꿈을 찾길 바란다. 그게 늪 밖의 동아줄이고 나를 긍정적인 마음으로 이끌어 줄 매개체가 되어 줄 것이다. 천천히 긍정적인 마음이 쌓이다 보면 어느새 늪을 조금씩 빠져나오고 있는 나를 보게 될 것이다. 그 시기가 오는 순간엔 나도 모르는 사이에 좋아진 나를 보며 놀라움과 행복감을 되찾을 수 있게 될 것이며 공황장애에 걸리기 전의 나보다 더욱 행복한 삶을 살 수 있을 것이다.

공황장애는 위기와 동시에 나에게 찾아온 작은 기회이기도 하다. 불행을 겪는 사람들은 그 속에 빠져나오지 못하기도 하지만 그 불행을 이겨내는 사람은 이전의 나보다 더욱 큰 성장을 할 수 있는 발판을 스스로 찾을 수 있게 된다. 불행을 겪지 못했던 예전의 내가 생각할 수 없는 깊은 생각을 하기도 하고, 자신의 시간에 대한 소중함을 느끼기도 한다.

그러니 이왕 일어난 일이라면 나쁘게 생각하지 않았으면 한다. 나쁜 생각을 하면 할수록 상황이 나빠진다는 것은 누구보다 본인이 더욱 잘 알 테니. 나 같은 사람도 이겨낼 수 있다는 건 당신도 분명 이겨낼 수 있다는 말이기도 하다. 단지, 지금은 시기가 좋지 않아 방법을 찾지 못했을 뿐이다.

포기하지만 마라.

그리고 내 몸을 누구보다 믿길 바란다. 내 몸은 오늘도 이겨내기 위해서 나도 모르게 그 방법을 매일 연구하고 찾고 있을 테니.

불안한 감정은 더욱 불안한 생각을 만들기에 불안하다면 전혀 다른 생각도 해보자. '불안하지만 오늘 저녁엔 치킨 먹을래.'와 같이.

차라리 몸이 아팠다면

가만히 앉아 두 눈을 천천히 감았다. 누군가 나를 본다면 여유를 부리는 느긋한 사람으로 보일 수 있지만, 겉으로만 보이는 모습이다.

안정을 취한다. 내 몸을 느껴본다. 그리고 나를 위로한다.

지금의 내가 타인에게 보여줄 수 없는 진짜 모습이다. 나만 알 수 있고 나만 할 수 있는 나를 위로하는 과정. 누구에게도 들키고 싶지 않은 나의 속사정이다. 이런 내 모습이 이제는 익숙해졌고 이런 익숙함이 나에겐 두려움으로 남았다. 다 괜찮다고 스스로 말하며 난 건강하다고 이야기한다는 것이 어찌 보면 웃기면서도 저절로 한숨이 나오기도 한다. 가끔은 바보 같기도 가끔은 어이없기도 하지만 별수 있을까? 이미 시작한 일인데.

날마다 다짐하고 날마다 스스로 위로해도 이렇게 찾아온다는 건 그만큼 나를 좋아해서일까? 아니면 단순히 나를 괴롭히기 위한 나쁜 의도에 불과할까. 뜻하지 않는 이 병은 원인도 이유도 알 수 없다. 어느 날 천천히 그저 나타났다. 이게 병인지도 몰랐고 몸의 증상 중 하나라고 생각할 정도로 나에게는 자연스럽게 찾아왔을 뿐이다. 이 병이 찾아온 후 예전의 나로 돌아가고 싶다는 생각을 습관처럼 달고 살았지만, 돌이킬 수 없다는 것을 깨닫고 이제는 나아가는 인생에 더 이상 브레이크가 없기 위해 이겨내는 방법을 생각한다.

　공황 외에도 모든 사람에겐 자신만의 트라우마 또는 인생의 발목을 잡는 상황이 있겠지만 나는 그 항목 중 하나가 공황일 뿐이다. 그렇게 나에겐 그저 여러 상황 중 하나라고 생각하는 게 그나마 위로가 될 수 있다. 그리고 자신만의 트라우마가 생겼을 때 무엇이 가장 도움이 되었는지 생각하다 보니 결론은 내가 트라우마조차 이겨낼 수 있는 취미를 찾는 게 답이었다.

　만약, 살아갈 용기도 힘도 나지 않을 때, 정말 내가 아무것도 할 수 없을 것이라는 절망감이 들 때. 그 시기는 악으로 버텨내고, 몸에 안정이 오며 내가 배고프다는 느낌을 받을 수 있을 때부터 취미를 찾길 바란다. 사람과의 이별, 지인의 죽음, 사업의 실패, 예기치 못한 사고, 말 못 할 속상한 일 등 우리가 살아가는데 예상하지 못하는 슬픔은 너무 많다. 그리고 아무런 예고 없이 대비하지 않고 맞이하는 슬픔에는 큰 트라우마가 남는다. 트라우마가 깊을수록 그 사람의 인생이 무너질 수 있다.

　나는 트라우마를 이겨내기 위해 취미를 다양하게 알아봤었다. 운동, 수집, 촬영, 여행, 인테리어 심지어 도자기, 십자수와 같이 평소에 관심 없던 것도 해보면 재밌지 않을까 하는 생각에 뭐든지 해봤다. 취미를 찾아가며 주위 사람에게 무엇을 좋아하는지 물어봤던 시절이 있었다. 그때 대부분의 대답이 이런 느낌이었다.

"나는 무엇을 좋아하는지 모르겠어. '넷플릭스' 보기? 아니면 그냥 '유튜브' 보기."

좋아하는 게 명확하지 않은 사람들이 하는 말들. 물론, 정말 이것들로 자신을 위로할 수 있다면 그걸로 충분하다. 좋아하는 것을 하며 마음의 안정을 얻는다는 것이 가장 중요하니. 하지만, 나는 그런 이들에게 말해 주고 싶다. 이왕 좋아하는 것이라면 조금이라도 결과가 남는 것을 했으면 좋겠다고. 비록 물질적인 부분으로 도움이 되지 않더라도 내가 이걸 행했다는 것 하나로 언제든 꺼내 보며 다시 회상할 수 있는 그런 일이었으면 한다고.

나에게 글이란 그런 것이다.
글과 책을 싫어하고 10년 가까이 책을 멀리했던 내가 이렇게 글을 좋아하게 될지 나도 몰랐었다. 좋아하는 것을 찾을 땐 뭐든 천천히 느껴봤으면 한다. 내가 취미를 찾으며 말 못 할 무언가를 얻는 느낌이 들 때, 그 느낌이 나쁘지 않다면 조금이라도 깊이 해봤으면 한다. 좋아하는 걸 찾고 싶다면 뭐든 끊임없이 도전해 봐라. 그저 그 자리에 머물러 있고 싶다면 그래도 좋다. 하지만, 난 그렇게 있기에는 10년 뒤 나에게 너무 미안할 것 같아서 가만히 있지 못하겠다. 오늘도 시도할 수 있는 용기 있는

사람이 되었으면 한다.

　인생의 동기가 생긴다면 몸의 예민과 통증은 어느 정도 무시가 가능해진다. 그리고 좋아하는 것을 찾게 되고 그 일로 내 삶이 조금이라도 행복해진다면 당신은 안정 외에도 성취라는 단어에 접근할 것이다.

공황장애

누구에게나 경험은 중요하다. 사소한 것부터 내 삶을 바꾸는 계기가 되는 큰 경험까지. 경험의 종류와 크기는 다양하지만, 모든 경험이 내 삶에 도움을 주는 것은 분명하다. 코로나에 걸렸던 경험도 초기에는 마치 죽을병에 걸린 것처럼 모든 사람이 걱정하던 병이 지금은 단순 감기로 비교되는 것처럼, 경험은 시절에 따라 농도가 다르다. 그리고 시간이 지나면서 경험의 농도가 얕아질수록 내 기억에서도 조금씩 흐릿해져 간다.

사랑도 비슷하다. 첫사랑은 모든 걸 줄 수 있는 것처럼 내가 할 수 있는 모든 것에서 최선을 다했다. 그리고 이별을 겪고 사랑을 두 번, 세 번 할수록 사랑을 대하는 진심이라는 마음의 농도가 점점 옅어져 갔다. 만나는 사람이 다르더라도 경험이 많아질수록 사랑을 대하는 태도가 점점 변해갔다. 물론, 이상형에 가까운 사람을 만났을 때는 첫사랑을 했던 것처럼 돌아가기 마련이었지만 그 외에는 대충하는 느낌의 사랑을 여러 번 했던 것 같다. 과연 그게 사랑이라고 말할 수 있을지도 모르지만, 사랑에도 분명 경험이라는 것이 존재하고 사랑을 여러 번 할수록 나와 맞는 사람이 어떤 사람인지를 조금씩 알 수 있었다.

인생을 살아가는 데 있어서 모든 경험은 나에게 도움을 주었다. 친구들과 싸웠던 기억도, 회사에서 프로젝트를 망한 것도, 좋지 못한 이별도, 짝사랑했던 기억도 그 시절에는 창피하고 기억하기 싫은 일들이 시간이 지난 지금의 나에게는 경험으로 변화되어 남아 있다.

하지만, 공황장애는 아니었다. 마치, 달리기를 이제 시작한 사람에게 벽을 세운 느낌이었다. 이 벽은 너무나도 높고 단단했기에 이제 막 달리기를 시작한 나에게는 절대 넘어설 수 없는 존재였다. 벽 앞에 섰던 나는 그 벽을 밀어보기도 넘어서려고도 하고 그 벽을 이겨내기 위해 내가 할 수 있는 모든 것을 해봤었다.

슬프게도 나는 평범한 사람이기에 그 벽을 넘어설 수 없었다. 벽은 나에게 절망을 선물했다. 높던 자존감은 바닥까지 곤두박질쳤고 넘쳐흘렀던 꿈은 이룰 수 없는 상상으로 바뀌었다. 일상생활도 불가능한 내가 뭘 할 수 있겠냐는 생각을 매일 하며 나 스스로도 나를 할 수 없는 사람으로 몰아세웠다. 아마 공황장애는 내가 직접 만들어 낸 마음의 병이 아닐까 싶다. 이 병이 별것 아니었다면 감기처럼 대부분의 사람이 걸렸겠지. 당장 집 앞 편의점만 다녀와도 아무렇지 않게 살아가는 사람들이 대부분이다. 그래서 그런 걸까? 공황이 짙어질수록 사람을 만나는 것도 아니고, 그저 본다는 것 자체가 싫어졌다. 아무렇지 않게 살아가는 사람들이 부러웠다. 보고 싶지 않았다. 나만 힘든 것 같았다. 왜 하필 나일까 하는 생각을 수도 없이 했었다.

그런 생각은 타인처럼 평범하게 살았던 과거의 나를 질책하기 시작했고 질책은 산처럼 쌓여 원망을 넘어섰다. 모든 게 과거의 내가 만들어 놓은 무대인 것 같았다. 분명 그 과거에 원인이 있을 거로 생각하며 나를 훑어보기 시작했다. 가장 가까웠던 사업을 하던 나부터, 사업하기 전 퇴사를 결심했던 나, 대학생 때의 나, 군인 시절의 나, 그리고 학창 시절까지. 꼬리는 꼬리를 물고 내 인생의 모든 나를 탓했다. 너희가 있기에 가장 중요한 지금의 내가 힘든 거라고, 왜 너희가 만들었던 수많은 슬픔을 모아서 나에게 준 것이냐며 수많은 나를 싫어했다.

　그리고 나는 과거 시절의 수많은 나를 지워가기 시작했다. 그들을 모두 지울 수 있다면 지금의 내가 괜찮아질 것만 같았다. 가장 쉬웠던 핸드폰 속 앨범부터 지워갔고, 친구들과 찍었던 인화 사진들을 찢어갔다. 어린 시절을 간직했던 추억 속 앨범을 찢기도 하고 심지어 나에게 선물이라고 주었던 물건들을 버리기도 했다.

　이런 행동이 정답일 수도 있다는 생각으로 기분 좋게 했던 날도 있었다. 누군가 보기엔 미쳤다고 생각할 정도로 이상한 행동이었다. '나는 그저 누군가 이해해 주는 사람이 있었으면 하는 마음이었을까, 아니면 나 이렇게 힘들다고 표현했던 건 아닐까. 무모하던 표현이 남에게 보인다면 진심으로 걱정해 주지 않았을까.'라는 말도 안 되는 상상으로.

　잘못된 행동을 올바른 행동으로 착각하고, 이런 행동으로 내가 조금이라도 나아질 수 있다는 생각이 들면 실천했었다. 그런 마음은 대체 누가 만들었던 건지, 무엇이 나를 그렇게 두렵게 만들었던 건지. 이 모든 행동이 공황장애라는 단어로 책임을 회피할 만큼 나에게 큰 역할을 했던 걸까? 공황장애는 단단했던 마음에 금을 주었을 뿐인데. 그걸 이겨내지 못한 내 마음이 약해지며 깨지기를 반복하고 수많은 악순환의 반복을 만들어 낸 건 아닐까? 공황은 단지 핑계일 뿐 결국 그걸 이겨내지 못한 내 마음이 문제이진 않을까.

공황장애는 힘들다. 어떤 사람이건 자신이 겪어보지 못한 고통은 그 고통이 약하더라도 두려움이 앞서기 마련이다. 평범하지 않은 통증이다 보니 통증에 비해 두려움이 더욱 컸던 것도 사실이었다. 단지, 그 두려움을 이기지 못한 나의 문제이기도 했다. 물론, 이 글을 보는 사람 중 공황장애에 걸린 이들에게는 내가 겪는 모든 문제는 공황장애 때문이라고 할 수도 있다.

그렇지만, 그 고통 속에 빠져 계속 지내기엔 나라는 사람이 너무 불쌍하지 않을까? 나라는 사람을 영원한 통증 속에 가둬두질 않길 바란다. 그 통증에 대한 해결책은 오로지 자신만이 알 수 있는 법이다.

병원, 관련 서적, 지인들의 말. 분명 위로를 줄 순 있지만 그 이상으로 나에게 해답을 줄 순 없다.

당신은 단단한 사람이었다. 단지, 지금 약간의 금이 갔을 뿐이다.

금이 더욱 커져 깨진다면 그땐 정말 아무것도 할 수 없다. 금이 더 커지기 전에 메울 방법을 찾고 오늘도 최선을 다하길 바란다. 당신은 생각보다 단단한 사람이다.

당신에게도 올 수 있습니다

모든 일들이 잘된다면 얼마나 행복할까요?

사랑이 한 번에 이뤄진다면 얼마나 행운일까요?

이러한 행복이 영원하다면 똑같은 삶을 다시 사는 것도 분명 행복하겠죠.

속상하게도 영원한 행복은 없습니다.

화면 속 보이는 연예인들은 우리가 보지 못한 다른 불행이 있을 것이며, 돈이 많은 재벌도 자신의 인생에 대한 불안함을 느낄 수 있을 겁니다. 그저 그들도 우리와 같은 사람이기에 그저 다른 방식으로 비슷한 깊이의 통증을 겪고 있을 겁니다. 사랑을 떠나보낸 통증은 모든 사람이 비슷하게 느끼는 것처럼 마음에서 나타나는 통증도 모든 사람에게 올 수 있습니다.

단지, 그 시기와 깊이가 다를 뿐 내일의 당신에게도 올 수 있습니다.

처음 겪어보는 마음의 통증은 사람을 당황스럽게 합니다. 몸이 아픈 느낌은 아닌데 이상하게 몸이 아픕니다. 몸이 아픈 것 같지만 특정하게 어떤 부위가 아프다고 말할 수도 없습니다. 그러면서 더욱 불안해지기도 소심해지기도 합니다. 가끔은 이런 통증에 답답함을 느끼기도 합니다. 원인을 알 수 없기에 주변 사람들에게 조언을 구할 수도 해결 방법을 찾을 수도 없습니다.

그러다 문득, 누군가에게 '네가 지금 겪는 그것. 정신적인 문제 아닐까?'라는 말을 듣고 병명이라도 찾기 위해 움직입니다. 그리곤 이전의 삶에서 접할 수 없던 이 병을 알게 됩니다. 병을 알게 된 순간부터 혼자서 이겨내려 발버둥을 쳐보기도 하고 가끔은 벼랑 끝까지 어두운 생각을 하기도 합니다. 그리곤 지푸라기라도 잡는 심정으로 병원을 찾아가게 되고 상담을 받습니다.

상담을 받을 때도 생각할 것입니다. "내가 정신과에 왜 왔지?"라고. 나에게 질문하면서도 선생님이 물어보는 질문엔 성의 있게 대답합니다. 병원을 나오며 받은 정신과 약을 부정할 수도 있습니다. 한동안은 정신과 약을 방 한쪽 구석에 두며 먹지 않고 이겨내 보려 합니다. 속상하게도 그럴수록 힘듦은 심해질 뿐입니다. 참고 참다가 도저히 참지 못하는 순간이 올 때 다시 한번 약을 쳐다봅니다. 그리고 떨리는 손으로 약을 들고 먹어봅니다. 생각보다 편안합니다. 시간이 지나며 마음이 조금씩 진정됩니다. 그리곤 그날 오랜만에 잠에 깊이 잠들기도 합니다.

자고 일어난 아침. 나는 깨어 있지만 정신과 약의 부작용으로 현실이 아닌 느낌을 받기도 합니다. 몸이 붕 떠 있는 기분이 들기도 하고, 몸의 감각이 낯설게 느껴집니다. 감정이 메말라지기도 하고, 가끔은 별것 아닌 일에 펑펑 울기도 합니다. 또, 아주 가끔은 미친 듯이 웃어보기도 합니다.

지금 먹는 약이 적응됩니다. 똑같은 강도의 약은 효과가 없습니다. 약의 강도는 세집니다. 그리곤 생각합니다. 내가 약이 없던 삶으로 돌아갈 수 있는지 의문이 들기도 합니다.

그런 삶. 더욱 미래가 없을 것 같은 무의미한 삶. 예전에 나로 돌아갈 수 없을 것 같은 생각이 드는 속상한 삶. 그 삶이 반복되며 나의 하루, 한 달, 그리고 일 년을 채우기 시작합니다. 시간이 길어질수록 나의 감정만큼은 담담해질 수 있지만, 나의 미래가 그려지진 않습니다. 미래를 생각할수록 평생을 이렇게 살까 봐 두렵기만 합니다.

어느 날. 내 인생인데 더 이상 이렇게 살 순 없다는 생각이 들었습니다. 이겨내 보려고 마음을 다잡습니다. 미라클모닝, 규칙적인 운동, 건강한 식단, 행복한 생각으로 하루를 만들기 등 긍정적인 삶을 살 수 있다고 하는 것들을 닥치는 대로 해봅니다. 하면서도 중간마다 힘듦이 찾아오긴 하지만 굳게 먹은 마음을 포기하고 싶진 않습니다. 불안할 땐 소리를 질러보기도, 뛰어보기도 합니다. 이미 뛰기 전부터 심장이 미친 듯이 뛰고 있었지만, 뛰고 난 후에도 심장은 똑같이 뛰며 다른 점을 느끼지 못합니다. 조금씩 자신감을 얻기 시작합니다. 두려워서 하지 않던 행동을 해보기 시작합니다. 어차피, 이미 심적으로 죽었던 나이기에 두 번째 인생을 산다고 생각하며 '뭐 죽기밖에 더 하겠어?'라는 생각을 합니다.

심장이 약한 사람은 뛰지 말라는 번지점프.
심장이 약한 사람은 가지 말라는 귀신의 집.
나에게 첫 번째 공황발작을 만들어준 장소 가보기.
심장이 빨리 뛸까 봐 무서워서 못 했었던 술을 미친 듯이 먹어보기.
죽겠다는 생각이 들 정도로 달려보기.

그동안 하지 못한 일을 하나씩 해봅니다. 하나씩 깨져갈수록 자신감이 점점 붙습니다. 나도 남들과 똑같은 삶을 살 수 있다는 걸 느끼기 시작합니다. 무섭지만 이상하게 한 편으로는 더는 무섭지 않습니다. 두렵지만 이제는 그렇게 생각하지 않으려고 합니다.

이겨내 봅니다. 아니 이제는 이겨낼 수 있습니다. 오히려, 이 불행이 찾아오기 전보다 더욱 행복한 삶을 살 수 있을 것 같다는 생각이 듭니다. 급하지 않게 지금까지 해왔던 것처럼 하나씩 해보려고 합니다. 내가 할 수 있는 사람이라는 걸 다시 느껴보기 시작합니다.

미뤄왔던 꿈이 생각납니다. 이전의 거대한 꿈과는 다르게 현실적으로 할 수 있는 꿈부터 하나씩 도전해 봅니다. 아마, 나는 더욱 훌륭한 사람이 될 것 같습니다.

　만약, 당신에게 오더라도 두려워하지 않기를 바랍니다. 누군가에게는 영원한 고통을 줄 수도 있겠지만, 고통을 이겨낸다면 이전의 나보다 더욱 훌륭한 사람으로 변화시켜 주는 좋은 계기가 되기도 합니다. 의미 없는 것은 없다고 합니다. 공황이 찾아온다는 것은 불안해진 나의 삶을 단단하게 만들어주는 계기가 될 수 있습니다. 당신이 겪는 모든 감정을 있는 그대로 느껴보기를 권해봅니다.

　이겨내지 못할 만큼 힘든 슬픔도,
　너무 행복해서 뛰어다닐 만큼 즐겁던 감정도,
　속상하지만 내가 할 수 있는 게 없다고 느끼는 절망도,
　나에게 양보하며 느낄 수 있는 따뜻한 타인의 배려도,
　고통을 승화시키며 겪어볼 수 있는 희망도.
　이 모든 감정이 당신의 삶에 도움을 주며 내 인생을 만들어줄 것입니다.

　오늘도 응원합니다. 당신을

검정색 감정

검정색.

존재하는 모든 색을 삼키고 오로지 자신의 색으로만 보일 수 있는 이 기적인 색깔. 사랑, 위로, 감사, 배려와 같은 사람이 살아가는 의미를 주는 단어들과는 거리가 먼 색상. 하지만, 무난하다는 이유로 모든 사람이 찾고 사랑하는 색.

밖을 나갑니다.
산책하는 지금.
지나가는 모든 사람의 옷 색은
검은색입니다.
어쩌다 가장 어두운 색이
모든 사람이 좋아하는 색이
되었을까요?
정말 무난하고 잘 어울려서인지
아니면 오늘 하루 기분을 나타내는 건지

모르겠습니다.

그 와중에도

제 몸은 머리부터 발끝까지

모두 검정색이네요.

아마 이 색이

가장 마음에 드는

그런 하루일지도 모릅니다.

검은색은 '나'를 숨기기 가장 좋은 색이다.

타인에게 좋은 모습만을 보이고 싶어 하는 대부분의 사람은 진실한 나를 숨기고 싶어 한다. 어렸을 적 사고로 생긴 보기 싫은 흉터, 콤플렉스라 스스로 생각하는 신체 부위, 주목받는 게 부담스러운 사람들에게 주변과 가장 잘 융화되며 숨길 수 있는 색.

검은색이 나쁘다고 말하는 건 아니다. 오히려 요즘 시대에는 가장 필요한 색이기도 하다. 색은 다양한 사람들이 사는 지금 자신을 말하지 않고 표현하기 좋은 방법이기도 하다. 하지만, 보이지 않는 곳에서 자신의 색을 잃는 사람들이 생각보다 많다. 감정이 남아 있지 않고 모든 생각이 검은색이 되는 그런 사람들이 있다. 더 이상 누군가에게 도움을 바라지도 않고, 자기 삶의 미래를 생각하지 않는다. 그저, 살아 있기에 하루를 살아가는 사람들이다.

그런 사람들은 인생의 재미를 느낄 수도 없고, 웃음을 볼 수도 없다. 그렇다고 슬픔에 빠져 있는 것도 아니고 그저 감정이 없어진 무표정의 사람들이다. 차라리 슬픔을 표현했다면 조금이라도 나아질 수 있을 텐데, 감정이 남아 있다는 것을 알려준다면 무엇이라도 해서 도움을 주려 노력할 텐데. 꺼내는 말 한마디로 절망이라는 단어를 느끼게 해주는 사람들. 행복한 말을 건네도 무감정으로 받아들이고, 호기심을 줄 수 있는 이야기를 꺼내도 그저 담담한 표정이다. 남들이 보기엔 이기적이고 차가운 사람처럼 보일 수 있겠지만 과거엔 누구보다 감성이 풍부했고 그 감정을 모두 쏟았기에 메말랐을지도 모른다.

칠정의 요소라고도 불리는 기쁨, 분노, 슬픔, 즐거움, 사랑, 증오, 욕망의 감정을 단 하나라도 느끼기는 하는 걸까? 날마다 어떤 기분으로 살기에 이런 표정을 보이는 걸까?

아마, 내가 겪었던 공황을 이겨내지 못했다면 현재의 내가 저런 모습이었을 것이다. 나도 힘들다고 생각했던 그때의 내가 너는 그저 빙산의 일각을 경험한 것이라고 말하는 것 같은 사람들.

모든 사람은 태어날 때 백지의 종이를 갖고 태어난다. 그리고 살아가면서 그 종이에 색을 조금씩 채우며 자신만의 그림을 만든다. 어느 날은 분홍색, 어느 날은 파란색, 또 어느 날은 잿빛 회색. 어두운 색이 나타나도 다른 색이 섞이면 충분히 바뀔 수 있는 색으로 매일을 살아간다. 그리고 가끔 검은색이 찾아와도 그 양이 적다면 충분히 다른 색으로 변화하기도 한다. 그렇게 우린 매일을 살아간다.

하루에 최선을 다하기도 하고, 지친 날에는 조금 대충해도, 날마다 채워가며 살아간다. 하지만, 감정에서 나타나는 검은색은 어떤 색으로도 변화를 만들 수 없다. 그저 자신만이 그 색을 희석할 수 있기에 그 사람이 이겨낼 수 있도록 응원하는 방법밖에 없다. 오늘도 소수의 사람들은 검은색 감정으로 타인에게 자신을 숨긴 채 살아갈 것이다. 만약, 그 모습이 보이거나 느껴진다면 부정적으로 생각하지 말고, 그저 응원해 줬으면 좋겠다.

감정이 보이는 표정을 지을 수 있도록.
자신만의 색으로 돌아올 수 있도록.
알록달록한 종이가 될 수 있도록.

2부

겨울. 억압된 감정을 놓아주는 작은 시도

그렇게 지내다 보면 더 좋은 사람이 오겠지.

다정함은 사랑할 때만 나오는 감정이다.

지금은 진심이야. 진짜 고마워.

시간이 조금 지났습니다.
담아둔 마음속 감정을 조금씩 내려놓습니다.
다시는 마주할 수 없을 것 같던 계절의 색감이 손끝에 닿기 시작합니다.
까맣던 내 마음에 흰 눈이 내리기 시작했습니다.

이제는 천천히 놓아주려 합니다.
억눌러서 답답해하던 내 마음에 바람을 불어넣어 주려 합니다.
그러다 보면 언젠가 색을 찾을 수 있지 않을까요?

꿈이 있기에 오늘도 나아간다

사람은 꿈을 꾼다.

어느 날은 내가 성공하는 꿈.

어느 날은 그리웠던 사람과 다시 만나는 꿈.

그리고 더 이상 볼 수 없는 사람을 다시 마주하는 꿈.

꿈은 가끔씩 나를 힘들게 하기도 하지만 아주 가끔은 원하던 일을 보여주기도 한다. 원하는 꿈이 실현되는 것만큼 행복한 일은 없겠지만 대부분 꿈은 현실로 만들어지진 않는다.

그래도 꿈꾼다는 것.

내가 그만큼 원하는 게 많은 건 아닐까?

꿈과 같은 일이 모든 사람에게 실현됐으면 좋겠지만, 세상은 원하는 대로 흘러가진 않더라. 그래도 좌절이나 포기하지 말고. 더 나은 나를 위해 노력했으면 좋겠다.

노력은 내 꿈을 이뤄지게 할 수 있는 원동력이자 삶의 의미를 가져다주니깐.

\# 오늘도 힘내는 내가 자랑스럽다.

현실은 돌고 돌았을 뿐이다

가끔 현실을 마주하고 싶지 않을 때가 있다. 사람을 떠나보내거나 현실을 마주하고 싶지 않을 만큼 충격적인 일을 겪을 때. 나도 그랬다. 정말 보고 싶은 사람이 떠나갔을 때. 꿈에서만 나타나던 사람이 내 곁에 더 이상 존재하지 않았을 때 현실을 부정했었다. 사람은 이별 후 성장한다고 들었지만, 성장을 위한 상처라고 하기엔 나에겐 너무 큰 아픔으로 다가왔다.

그런 상처를 겪을 때는 잠에서 깨는 것 자체가 싫었다. 잠에서 깨는 순간부터 다시 이 현실을 마주할 용기가 없었다. 그리고 시간이 지나면서 들었던 생각. 이젠 더 이상 이렇게 시간을 낭비할 수가 없었다. 물론, 떠나간 사람이 더 이상 그립지 않은 건 아니었지만 그렇다고 내가 이렇게 살기엔 내 시간이 너무 아깝다고 생각했다.

천천히 하나씩 현실에 마주하며 조금씩 잊기 위해 노력했다. 잊는다는 게 맞는 표현은 아닌 것 같지만 이렇게라도 해야 한다는 생각이 들었다.

'현실로 돌아와야지.'

이젠 더 이상 둘이 아니라 혼자다. 처음부터 혼자였던 나로 다시 돌아가는 것일 뿐이다.

세상은 돌고 돈다. 그저 이 전의 나로 돌아갈 뿐이다.

무서워할 필요는 없다. 이미 다 겪어봤던 것이니 다시 하면 되는 것이다. 잠시 허전할 순 있겠지만 그것도 금방 적응할 것이다.

그렇게 지내다 보면 더 좋은 사람이 오겠지.

보고 싶어서 고마웠다

보고 싶다는 말.

만나고 있는 사람이 있다면 보고 싶다는 말이 맞지만, 더 이상 만나고 있지 않다면 그립다는 표현이 맞는 것 같다. 이제는 사랑에서 짝사랑이 되어 버린 것처럼 보고 싶다는 말을 사용해서는 안 된다.

보고 싶다는 말에 대해서 한동안 고민을 해봤다.

'과연 내가 보고 싶어 하는 사람이 떠나간 이 사람일까?
아니면 내 기억 속에 남아 행복한 모습을 보여주던 그 사람일까?'

같은 사람이지만 이제는 다른 사람.

나를 대하는 태도 자체가 바뀌어버린 사람. 겉모습은 같지만, 이제는 내가 생각하던 사람이 아니다. 생각의 끝에서 나온 답은 내가 보고 싶어 하는 사람은 기억 속에 있던 사람이고 현실에 있는 사람은 단지 그리운 사람에 불과했다.

사람은 변한다.

상황에, 계절에, 시간에, 시절에 따라 같은 사람이어도 그 사람에게 느끼는 감정이나 분위기가 달라진다. 변한다는 것은 나쁜 건 아니지만 보고 싶어 하던 사람이 사라지는 변함은 그리 달갑지만은 않다. 변하지 않았으면 했던 사람. 항상 나에게만큼은 그대로였으면 하는 사람이 존재했지만, 결국 전부 나의 욕심이었다는 것. 그 사람이 봤던 나의 보고 싶던 모습들도 분명 변했을 것이다. 그러니 우리의 관계에 단절이라는 단어가 들어온 것일 테니.

보고 싶은 사람이 떠나는 만큼 새로 보고 싶은 사람도 분명 생길 것이다. 이전처럼 보고 싶은 사람이 멀리 날아가지 않게 꼭 붙잡고 싶다면 그들의 변함을 미워하기 전 나의 변함은 없는지 먼저 되돌아봤으면 한다. 그럼에도 나의 변함이 없는데 떠난다면 그냥 인연이 아니었다고 생각하자. 생각은 꼬리를 물수록 더욱 나쁜 고민만 가져다줄 뿐이니. 나를 자책하기보단 다가오는 이들에게 더욱 잘해주는 사람이 되자.

보고 싶다. 가끔은 설레게. 가끔은 밉게. 가끔은 그립게.
이 단어를 사용할 수 있다는 것 자체로 나쁘지 않은 경험을 겪으며 살아온 인생인 것 같아서 이제는 마냥 밉지만은 않다.

죽을 만큼 보고 싶더라도 결국 이겨내더라.

추억이 맞을까?

추억은 사는 데 있어서 큰 도움을 준다.

행복했던 추억은 마음의 위로를 주고 '그땐 그랬었지.'라는 생각을 준다. 하지만 모든 추억은 그때 상황이 행복했던 것일 뿐 지금의 나를 행복하게 하진 않는다.

추억은 무서운 점도 존재한다.

시절 속에 있는 사람을 미화시킨다. 이상하게도 머릿속에 들어온 추억은 나쁜 기억보다 좋았던 일을 더 생각나게 하는 버릇이 있다. 그래서 그런지 온통 행복했던 기억 밖에 남질 않는다. 추억의 미화를 벗어나기 위해 기억을 짜내다 보면 좋지 않은 나쁜 추억도 있지만 그건 내가 노력해야 생각이 나는 추억이다.

자연스럽게 나오는 추억은 좋았던 기억뿐이라는 게 아직도 그 사람을 그리워한다는 증거가 아닐까?

그래도 딱 그리워하는 것에서 끝내자.

기억하자. 지금 이 순간을

추억과 비슷하지만 다른 기억.

단순히 과거를 생각한다는 것은 기억이 되겠지만 그 기억에 감정이 실리고 남기고 싶다는 의지가 생겨 더욱 생각하면 추억으로 바뀌게 된다고 한다. 그래서인지 가족, 친구, 연인과 관련된 일은 대부분 추억으로 남는다. 특히, 힘들었던 것이 아닌 행복한 결말을 가졌던 일은 평생 내 머릿속 추억이 된다.

기억을 걸러내는 일.

수많은 기억 중 스스로 꺼내어서 다시 되돌아보고 싶은 것을 저장하는 일. 기분이 좋아지고 싶을 때마다 꺼내보고 싶은 기억.

'추억.'

예쁜 추억만 간직해서 이 추억이 오래오래 내 머릿속에 남겨졌으면 좋겠다. 추억이 머릿속에 가득 차서 하루하루가 행복했으면 좋겠다. 그리고 할 수만 있다면 모든 기억이 추억이 될 만큼 행복한 일만 가득했으면 좋겠다.

\# 당신의 모든 하루가 추억으로 가득했으면 좋겠다.

이별 공식 증후군

드라마 〈천원짜리 변호사〉는 말 그대로 수임료 천 원을 받고 변호사를 맡아주는 일을 다룬 내용이다. 드라마 속 주인공 천지훈은 수임료 천원을 받고 일하는 변호사다. 하지만 수임료 천 원에 대한 측정은 자신이 한 것이 아니다. 수임료에 대한 의문을 풀기 위해 오랫동안 함께한 동료들에게 간단한 편지를 남기고 1년 동안 잠적했다. 시간이 흐른 후 돌아온 천지훈을 향해 그와 같이 일하던 동료는 이렇게 질문한다.

"변호사님에게 우린 아무 존재도 아닌 건가요? 난 변호사님이 우리랑 함께 헤쳐 나가길 바랐어요. 나도 내가 왜 이러는지 모르겠는데 변호사님이 떠나고 내 마음이 너무 아팠다고요."

이 장면을 보고 같이 함께하는 동료도 갑작스럽게 내 곁을 떠나면 감당하기 힘든 공허함과 상처를 받는데 하물며 같이 지내던 연인과 헤어질 때는 최소한의 예의를 지켜야 한다고 생각했다. 이별하면 남이 되더라도 헤어짐을 마음먹었다면 "너랑 더 이상 못 만나겠어. 그만하자."가 아닌, 내가 헤어지는 이유를 상대에게 이야기할 수 있는 용기. 이 정도만 전달을 하더라도 상대를 존중하던 연인이라면 이해와 인정이 가능하다. 비록 힘들겠지만.

나도 이별을 무책임하게 통보한 적이 있다. 하지만, 그런 이별 후 나에게 돌아온 건 시원함과 해방감이 아닌 답답함과 속상함이었다. 나를 진심으로 좋아했던 상대에게 말하지 못한 미안함. 지난날. 내 곁에서 힘이 돼 준 사람에게 상처를 준 죄책감. 이별을 마음먹더라도 사랑했던 상대라면 최소한의 예의를 지켜주자. 내 마음도 내 정신도 성장할 수 있는 계기가 될 것이다.

이별도 사랑의 과정 중 하나다. 마지막이지만.

연인의 줄

나는 어떤 사람을 만날 때 그 사람과 줄이 있다고 생각한다. 그 줄은 사람과 사람 사이에 관계라는 것을 만들어준다.

'어떤 사람은 얇은 줄. 어떤 사람은 굵은 줄.'

그 줄은 내가 어떻게 행동했느냐에 따라 길어지기도 짧아지기도 한다. 또한, 연인 사이의 줄은 처음엔 어떤 줄보다 튼튼하고 굵지만, 그 줄의 길이를 예측한다는 것은 불가능하다. 오래 가지 않을 거라 생각했던 사람과는 누구보다 오랜 시간을 만났고, 결혼을 생각한 사람은 금방 떠나는 걸 보면.

줄이 나의 의사와 상관없이 끊어지게 되면 다시 줄을 연결할 수 있도록 노력하기도 한다. 하지만 그렇게 끊어진 줄을 다시 이을 필요가 있을까? 물론 꼼꼼하게 묶고 매듭을 짓는다면 끈이 이전보다 더 단단해질 순 있지만 한 번 끊어진 줄은 결국엔 다시 끊어진다.

처음 만들어진 줄처럼 한 줄로 해짐 없이 이어져 있을 때 그 강도가 가장 단단했다. 그렇기에 살면서 아쉬운 끈이 있었지만, 머릿속으로만 생각할 뿐 다시 붙이겠다는 행동은 하지 않았다. 물론, 줄을 다시 이어 잘된 사람도 봤지만, 그 줄의 내구성은 누구도 장담할 순 없다.

나는 끊어졌다면 다시 연결하는 노력은 하지 않는다.
어차피 그 줄은 다시 끊어질 뿐이니.

줄이 끊어졌다고 내 마음도 끊어내진 못하더라. 어쩔 수 없다. 사랑에 거짓이 없었다는 말이니깐. 조금만 더 아프자.

내 가치를 떨어뜨리는 사람

사람을 만나다 보면 갑을관계가 생기는 사람이 있다. 물론 높은 위치에 있는 사람이 보듬어주고 응원해 주는 사람이라면 그 관계도 나쁘진 않지만, 그 사람이 무시하고 가치를 떨어뜨린다는 생각이 든다면 아무리 좋은 사람이라도 끊어낼 용기가 필요하다.

연애에도 그 관계는 형성되기 마련이며 나도 그런 연애를 했던 경험이 있다. 나는 애초에 나의 가치를 높게 평가하고 자존감이 높은 사람이었다. 어렸을 적부터 많은 경험과 다양한 일을 접하다 보니 나이 대에 비해서 높은 능력이 있다고 생각했다.

그러다 한 사람을 만났는데 그 시기엔 사업도 잘되고 나 자신도 좋은 사람이라 생각하며 자신 있게 행동하니 좋은 관계를 유지할 수 있었다. 좋은 관계는 그 사람이 나를 좋은 사람으로 생각하게 만들었다. 이후, 항상 행복한 일만 가득할 순 없듯이 사업이 잘 안 되었고 불안정한 나는 그 사람에게 심적 의지를 하기 시작했다. 그러다 관계의 균형은 깨졌고 어느 순간 나는 을에 해당하는 위치의 모습을 보이고 있었다.

언제나 내 편이고 나의 말에 집중해 주는 사람이라고 생각하던 그 사람은 어느 순간 낮아진 자존감과 가치를 가진 나를 무시하고 있었다. 물론 떼를 쓰고 힘들다는 표현은 하지 않았지만 무너진 나를 보며 그렇게 대단한 사람은 아니라는 걸 느꼈을 것이다.

잘 되든 안 되든 나라는 존재는 변함이 없는데 그 사람 입장에서는 아니었다. 나는 사업을 정리한 것보다 그 사람이 나를 대하는 태도에 더욱 자신감을 잃었다.

살면서 처음으로 바닥까지 찍어본 내 가치. 그런 생각을 만들어줬던 그 사람에게 이제는 감사한다. 가장 가까운 사람의 중요성과 가장 힘든 시절의 나를 놓쳐준 것. 그리고 내 인생 최고의 시기에 그 사람을 만나지 않았다는 게 다행이다. 나의 멋진 모습을 보지 못해서 고맙다.

\# 지금은 진심이야. 진짜 고마워.

기억 지우개

이별 후 힘든 이유 중 하나가 바로 공허함 때문일 것이다. 어제까지만 해도 내 곁에 있는 사람이 없어진다는 것. 매일 함께하던 사람이 한순간에 떠난다는 것. 그것을 받아들이는 것 자체가 너무 힘들다. 물론 장거리 연애나 주말 데이트를 선호하는 연애를 해왔다면 그 공허함이 조금은 덜하다. 일주일이라는 시간 동안 같이 있는 시간보다 혼자 지내는 시간이 더욱 많고 자신을 돌아볼 시간이 많기 때문이다.

나도 연애할 땐 장거리 연애를 선호하는 편이었다. 나의 시간이 소중했고 혼자 보내는 시간을 잘 지낼수록 연애를 더욱 성숙하게 할 수 있다고 생각했다. 무엇보다 지금 생각은 조금 다르지만 이별했을 때 단거리 연애보단 힘듦이 조금은 덜하다는 강점이 있었다.

그러다 문득, 동네에 사는 사람과 연이 닿게 되어 1년이 넘는 시간을 연애하다가 헤어졌는데 이별이 준 타격이 너무 컸다. 혼자 지내는 시간보다 항상 같이 지내던 시간이 대부분이라 헤어진 직후 느낀 공허함은 마치 가족을 잃은 느낌이었다. 단거리, 장거리 연애는 각자의 장단점이 있지만 나의 일상에 지장이 생길만한 이별을 원치 않는다면 단거리 연애는 추천하지 않는다. 예를 들어 집 앞에 있는 편의점이나 카페를 갈 때도 모든 공간을 함께하다 보니 이별 직후 집 앞을 나간다는 것 자체도 고통이었다.

  하지만 장거리 연애는 이렇게 내 모든 공간까지 파고들지는 않았었다. 어떤 이별이든 항상 힘든 법이지만 사랑의 크기가 너무 커져 헤어짐을 받아들이기 힘들 것 같다면 아무리 연인이어도 조금은 나만의 공간을 만드는 것이 필요하다.

  물론 좋아하는 사람이 어느 날, 어느 순간, 어떤 시간과 장소 속에서 나타나고 헤어질지는 모른다. 결국, 거리는 나의 힘으로 조절할 수 있는 건 아니다. 정말 좋아하면 도시와 도시 사이를 뛰어넘는 장거리 연애를 할 수도 있는 거고, 어느 날 옆집에 이사 온 사람이 나의 이상형이 올 수도 있을 만큼 삶에는 언제 어떻게 만날 것이라는 관계의 약속은 정해져 있지 않고 그저 운명이 정해주는 대로 살아갈 뿐이다.

  하지만, 한 가지 확실한 건 좋아했던 마음의 상처를 치유할 때는 내 삶속 공간에 얼마나 들어오는지에 따라 치유되는 속도가 다르다는 것이다. 시간이 약인 이유는 그 사람이 내 삶 안에 들어온 장면을 조금씩 지워가면서 치유하는 것과 비슷한데, 그 장면들이 내 집 앞 골목과 같은 장소들이라면 집 앞에 나갈 때마다 매일 생각할 테니. 그것보단 차라리 일 년에 몇 번밖에 가지 않는 곳을 장면으로 만드는 게 낫지 않을까?

\# 그렇다고 이별을 생각하고 만나진 않는다. 그냥 너무 좋아해서 두려울 뿐이다.

'지운다.'라는 건 쉽지 않다.
그래도 해야지.

꿈과 무의식 사이. 그 어딘가에서

오늘도 난 꿈을 꾸었다.

이별은 시간이 해결해 준다지만 무의식의 영역인 꿈까지 정리해 주지 못한다. 이별 후 한 달간은 매일. 두 달까지는 가끔, 그리고 요새는 나오지 않다가 갑작스럽게 나온 오늘 꿈은 어느 정도 단단해진 나를 다시 한번 무너뜨렸다.

꿈의 내용은 항상 달랐지만, 오늘은 나를 보며 웃어주는 꿈. 분명 몇 개월 전까지만 해도 꿈이 아닌 현실에서 매일 보던 모습을 이젠 꿈에서만 볼 수 있다는 현실이 나를 더욱 비참하게 만든다. 나는 분명 괜찮아졌다고 생각했지만 나도 모르는 내 무의식은 회복이 덜 된 것 같다.

이런 꿈을 꾸는 날은 하루가 괴롭지만 그래도 힘내야지.
분명 좋은 일이 올 테니깐.

 # 일 년이 지난 지금은 아무 생각이 없다. 시간이 약인 건 확실하다.

나의 본모습

연애할 땐 내가 세상에서 이 사람에 대해 가장 많이 아는 사람이라고 생각했다. 그래서 이 사람이 화를 내면 단번에 풀어줄 수 있었고 갑작스럽게 기분이 안 좋은 날에는 그 이유에 대해 찾을 수 있었다.

하지만 이별 후 나는 알게 됐다. 그 사람에 대해 누구보다 더 몰랐다는 걸. 나는 이제 그 사람에게 싫어하는 사람이 되었고 처음 보는 싫어하는 사람에 대한 태도를 알게 되었다. 차가운 공기, 매일 봤지만 마치 오늘 처음 본 것 같은 낯선 느낌, 같은 사람이지만 나에게는 전혀 다른 사람이었다.

이게 진짜 모습이 아니었을까?

사람은 화가 나거나 술을 먹을 때 진짜 성격이 나온다는데. 아마 나에겐 보여주지 않던 본모습이 아닐까? 낯선 모습을 모를 정도로 나를 그만큼 좋아해 줬다는 게 감사하면서도 눈앞의 다른 모습이 나를 혼동 시켰다. 나도 이런 모습을 갖고 있진 않을까? 나는 사람을 대할 때 분명 한결같다고 생각을 해왔었는데. 사랑했던 사람의 모습을 보고 나니 나의 본모습도 어떤 모습인지 예상이 되질 않았다.

가족을 대할 때가 내 모습일까?

친구를 대할 때가 내 모습일까?

아니면 사랑하는 사람을 대할 때가 내 모습일까?

나의 모습을 알아가는 것도 이렇게 힘든데.

정말 나의 본모습을 알고 사는 사람들은 얼마나 될까?

오늘도 나의 본모습에 대해 생각해 본다.

너무 깊이 생각하진 말자. 지금의 나도 내 모습 중 하나니깐.

그건 사랑 아니야

┃

　가끔 'SNS'를 보면 "너무 아픈 사랑은 사랑이 아니었다."라는 말을 볼 수 있다. 나만 좋아했던 연애, 항상 불안한 연애, 바람이 이별의 사유가 된 연애 등 나를 비참하게 만드는 연애가 대부분 아픈 사랑이다.

　이런 연애를 겪으면 나 자신의 가치는 바닥까지 떨어지고 어떤 일이든 할 수 없다는 생각을 하게 된다. 한 달은 정말 폐인처럼 밥만 간신히 먹고 매일 울고, 사람 사는 게 맞나 싶을 정도로 의기소침해진다. 그만큼 연애 전 자신으로 돌아오기까지도 오래 걸리는 이별. 이별이 연애가 끝난 게 아닌, 상처 난 자신을 복구하는 게 연애한 시간보다 더 걸리는 최악의 연애.

　그래도 내가 한 연애니깐. 나도 많이 좋아해서 했던 연애니깐. 이런 경험이 결혼 전에 있어서 다행이라는 식으로. 나 혼자서라도 위로를 해보자. 결국 이것도 경험이고 사람을 쉽게 믿으면 안 된다는 충고이고 나를 돌아볼 수 있는 계기니깐. 그리고 나 자신이 사랑 앞에서 얼마나 약한 사람인지 알 수 있으니깐. 그렇다고 자기방어 기질을 갖진 않을 거야.

어찌 됐든 전 사람과 다음 사람은 다른 사람이고 내가 그런 상처를 가졌다고 해서 다음 사람에게 이어져서는 안 된다. 다음번 내 곁에 있는 사람은 나를 가장 가꿔 줄 사람으로 찾아올 수도 있으니깐. *나의 아픈 과거를 보여주진 말자.* 과거의 아픔이 다음 사람에게 이어진다는 것은 그 사람에게는 실례가 될 수 있는 부분이다. 다른 이에게 상처받은 걸 그 사람에게 치유하고자 하지 말자. 모든 상처를 혼자 극복했을 때 새로운 사랑을 시작했으면 좋겠다.

'나는 트라우마가 있어. 그러니 그런 행동은 절대 하지 않았으면 좋겠어.'와 같은 말로 경고를 하지 않는 사람이 되었으면 한다.

＃사랑했던 경험을 나쁜 의도로 보여주진 말자.

사랑은 일방적이기에 불공평하다

너도 분명 이유가 있었겠지.
너도 분명 힘들었겠지.
만약에라도
나만 힘든 거라면
나만 그리워한다면

너무 불공평하잖아.

우린 달라도 함께했으니깐.
오늘도 그 이유를 찾아본다.

나는 아직도 힘드니깐.

나 혼자 했던 사랑은 아니었길 바란다.

타로, 사주, 점 그리고 재회 주파수

사람이 살다 보면 정말 힘든 순간이 온다. 그 순간에는 내 감정을 아무리 조절하고 주변 사람의 도움을 받아도 한계를 느낄 때가 있다. 그때 찾게 되는 게 보통 종교 또는 타로, 사주, 점 등과 같은 방법들이라고 생각한다. 종교나 점처럼 무언가에 의지하고 좋은 결과가 나온다면 그걸로 위로와 작은 해결책을 찾을 수 있기 때문이다.

나는 현실적인 사람이다 보니 나에게 이익을 주지 않는 것에 대해 돈을 써본 적이 없었다. 하지만 정말 힘든 일을 겪고 누구의 말도 위로가 들리지 않을 때. 타로, 사주, 점 심지어 재회 주파수까지 모든 것에 의지해 본 적이 있다.

물론, 도움이 되는 걸 느끼다 보니 돈이 아깝다는 생각은 크게 하지 않았고, 사람들이 미래나 자기감정에 대한 위로를 줄 수 있는 것에 투자를 왜 하는지 알 수 있었다.

하지만 나는 다시는 이와 같은 것을 맹신하거나 투자하지는 않을 것 같다. 어느 순간 내가 매일 사주를 보는 습관과 함께 좋은 일이 있다는 풀이가 나오면 나도 모르게 기대하거나 주위를 둘러보게 되었다.

정말 좋은 일은 내가 얼마나 노력하냐에 따라 좋은 일의 크기와 상관 없이 성취감을 느낄 수 있을 텐데. 노력하지 않고 주위만 살피는 나 자신이 한심해졌다. 물론, 재미로 보는 사주나 타로 정도는 괜찮다고 생각한다. 그래도 미래는 지금 내가 어떻게 하냐에 따라 달라진다고 믿는다.

나라는 사람은 지금도 충분히 가치 있는 사람이니깐.

너 진짜 멋진 사람이야.

이별 명장면

이별.

그 순간은 연애의 끝일 수도 있지만, 다른 의미로는 우리가 했던 연애의 마지막 정거장이다. 이별하는 과정도 연애의 일부라 생각하기에 마지막까지 배려는 필요하다.

그렇기에 "우린 남이니깐. 다신 보지 말자."가 아닌 "비록 우리가 헤어지더라도 만약에 마주친다면 밝게 웃으며 인사해 주자."라고 말하는 사람이 멋있다. 나의 진심을 보여주고, 모든 걸 주었던 그 사람.

사랑하는 사람과의 마지막 장면.

그 장면에서 서로 욕을 하고 화를 낸다면 그 사람과 함께했던 모든 추억을 부정하는 느낌이 든다. 진심으로 그 연애에 최선을 다했다면. 진심으로 그 사랑에 감정을 다 줬다면. 마지막 순간만큼은 웃음으로 보내주었으면 한다.

마지막 순간까지 좋았던 사람으로 기억될 수 있게.

내가 했던 감정과 행동이 거짓이 아니었다는 걸 증명할 수 있게.

#이별 명장면. 나는 영화 속 주인공이었다.

연인 버킷리스트

사람은 누구나 버킷리스트를 가지고 있다. 사람의 궁극적인 목표는 자신이 만든 꿈을 이루는 것이기 때문이다. 이 버킷리스트는 연인 사이에서도 존재한다.

"우리 올해는 꼭 제주도 가자."
"우리 이 장소에서 모든 계절을 같이 보내자."
"우리 2년 뒤에는 꼭 결혼하자."

나는 이런 말들을 지금껏 말하기도, 들어 보기도 했었다. 하지만 이제는 이런 말을 하지 않고 듣는 것도 싫어한다. 나와 이런 약속을 지킨 연인은 한 명도 없었다. 거짓말밖에 존재하지 않는 연인과의 버킷리스트. 이런 약속을 하고 멀어진 연인은 잊히다가도 약속했던 시기가 다가오면 그 사람이 다시 생각난다. 나와 약속을 지키지 못한 사람.

이제는 버킷리스트를 말하는 사람이 아닌 조용하게 조금씩 나와 함께 나아가는 사람이 좋다. 조심스럽지만 스치듯 내가 했던 말을 경청해 주고 그 말을 조용히 이뤄주는 사람. 약속을 지키는 것이 아닌 나의 소망을 잊지 않는 그런 사람.

그런 사람이 좋다.

그런 사람에겐 거짓말이 존재하지 않기에. 지키지 못할 약속을 함부로 뱉지 않기에. 진정성을 느끼게 해주는 사람이기에.

우리. 큰 버킷리스트 말고 오늘 저녁 함께하자.

정말 좋아했구나

이 사람 '정말 좋아했구나.'를 확실하게 알 때.
연애 초반에 사랑이 풋풋할 때도 아니고
연애가 절정에 이르러 서로를 너무 사랑할 때도 아니에요.

서운함이 쌓여 감정이 터질 때.
끝날 수 있다는 생각이 들었을 때.
이 사람 없이 사는 내 삶을 그려봤을 때.
그리고 정말 그 사람이 없을 때.

익숙함에 속지 마요.
곁에 있을 때 최선을 다해주세요.

그 사람 다치게 하지 마요.

너무 힘들고 소중해서 떠나면 내가 다칠까 봐 미친 듯이 매달려봤어요.

당신의 말이 믿기지 않았고 금방 다시 돌아올 거라고 생각했어요.

하지만, 이젠 정말 우리가 끝이라는 걸 직감했어요.

너무 아프고 슬펐지만 인정해야만 했어요.

나 자신이 비참해도 살아야 하니깐.

나도 정리를 시작해 볼게요.

추억을 지워볼게요.

하나둘씩.

안녕.

.

\# 지우다 보면 저도 괜찮아지겠죠?

이 문 좀 열어주세요

어렸을 적 처음 봤을 때 닫혀 있는 문은 이상하게 들어가고 싶지 않았다. 물론 사람마다 다르므로 호기심이 강한 사람은 닫힌 문도 좋아하겠지. 하지만 나는 닫힌 문을 보면 거부감이 들었다. 닫혀 있는 문을 보면 나보고 들어오지 말라는 느낌도 들고 이 문을 열게 되면 귀신이 나올 것 같다는 생각도 많이 했다.

활짝 열려 있는 문을 보면 방 안에 무엇이 있는지 전부 보이기도 했고 언제든 나를 반겨주는 느낌이 들어서 좋았다. 그러다 어느 날 생각해 보니 헤어진 사람은 닫힌 문, 새로운 사람은 열려 있는 문이 아닐까 하는 생각이 머릿속에 자리를 잡았다.

나를 떠나간 사람도 처음 만났을 때는 활짝 열려 있는 문이었다. 오랜 연애가 지속되고 갈등이 시작되며 마음의 문을 조금씩 닫아가다가 결국엔 완전히 쾅 하고 닫혔다. 하지만 그 문을 열지 않아도 그 안에 무엇이 있는지 알 수 있다. 그 방 속에서 내가 알지 못하는 다른 변화도 있겠지만 내가 생각하는 결과에서 크게 벗어날 거라곤 생각하지 않는다.

하지만 새로운 문은 언제든 나를 위해 활짝 열려 있고 그 방은 내가 어떻게 하냐에 따라 평생 열려 있을 수도 있다. 그 방은 나의 노력에 따라 예쁘게 꾸미는 것도 가능하다. 열려 있는 문도 닫힌 문처럼 서서히 닫힐지도 모르지만, 굳이 닫혀 있는 문을 다시 두드리고 들어가는 것보단 활짝 열어 나를 반기는 그 문으로 들어가는 게 낫지 않을까?

닫혀 있는 문을 억지로 여는 것보다 조금이라도 열린 문을 활짝 열어 들어가는 게 쉬우니깐.

커피 한잔하실래요?

배려와 감정 쓰레기통

나는 모든 연애를 배려로 시작하고 배려로 끝냈다. 상대방의 입장에서 생각하며 "그 사람이 그런 행동을 하는 건 이유가 있겠지."와 같은 말을 되새기며 배려했다.

어느 날 문득 돌이켜 생각해 보니, '과연 이게 배려가 맞을까?'라는 생각이 머릿속에 떠올랐다. 연인의 생각을 이해하지 못하고 나오는 갑작스러운 화를 마주할 때도, 일을 하다가 받는 스트레스를 나한테 푸는 사람을 볼 때도, 기분이 좋지 않은 상대를 눈치 보며 기분을 맞춰줄 때도. 생각해 보니 이건 배려가 아니었다. 그저 그 사람의 감정 쓰레기통일 뿐이지.

그래도 착한 사람을 미워하진 않는지 끝까지 감정 쓰레기통 역할을 해도 이별 후 결국엔 연락이 오더라. 그때 정말 미안했다고 자기 기분 맞춰준 사람 이젠 없을 것 같다고.

'그럼 뭐해? 이미 끝났는데.'

나는 바보라서 배려해 주는 게 아니다. 내 감정을 포기할 만큼 너라는 사람을 좋아했기에 가능한 일이었다. 재고 따지고 할 것 없이 순수하게 좋아하는 감정만으로 했던 행동이다. 이런 배려를 처음부터 알아주는 사람이 좋다. 배려가 깃든 작은 행동이 모든 사람에게 나타나지 않는다는 걸. 오로지 너에게만 나오는 모습이란 걸.

　# 다정함은 사랑할 때만 나오는 감정이다.

공포학습법

"5, 4, 3, 2, 1⋯. 들어간다!"

터널에 들어갈 때마다 하는 습관이 있습니다. 아주 어릴 적 아빠와 차를 타고 다닐 때마다 하는 습관이라 아직도 남아 있습니다.

터널이 무서운 곳인 줄 알았습니다. 온 세상이 깜깜해지고, 오로지 앞을 향해서만 달리는 터널. 중간에 멈출 수도 없고 속도를 줄일 수도 없는 곳입니다. 속도를 줄이면 누군가가 쫓아오는 느낌이 들기도 하고 터널 안 불빛들이 같은 속도에 맞춰 깜빡깜빡 비춰주는 것조차 속도를 줄일 수 없는 이유이기도 합니다. 비치는 속도가 느려진다면 누군가 더 빨리 쫓아올 것 같기 때문이죠.

성인이 된 이후 터널은 더 이상 두려운 존재는 아니었습니다. 그저, 길. 다른 도로와 다를 게 없는 길 중 하나였습니다. 하지만, 이유 없는 심리적인 두려움이 찾아오던 어느 날. 터널 안에서 그 두려움은 극으로 달하기 시작했고, 탈출구가 없는 터널은 저에게 두려운 존재로 남았습니다.

터널을 지나갈 때마다 온몸이 떨리는 느낌을 받으면서도 속도를 줄일 수 없다는 것을 알기에 멈추지 않았습니다. 오히려, 더 빨리 나가고 싶다는 생각에 속도를 높이기도 했습니다. 뭐가 그렇게 저를 두렵게 만들었을까요. 똑같은 길이라는 걸 알면서도 제 몸은 어떤 부분에 반응했던 걸까요.

사람의 몸은 신기합니다. 스스로는 아무 걱정 없다, 내 몸은 튼튼하다고 생각하더라도 작은 반응에도 예민하게 받아들이는 게 몸입니다.

예를 들어, 갑작스러운 큰 소음에 몸이 놀라게 되면 스스로 깜짝 한 번 놀라고 아무렇지 않을지 몰라도, 몸에서는 놀람에 대한 진정을 위해 심장의 두근거림이 일정 시간동안 지속되기도 합니다. 하지만, 우린 놀랐다는 조건이 있었기에 대수롭지 않게 넘어가게 됩니다.

어찌 보면 터널 속을 들어간다는 건 저에게만큼은 지속적인 놀람을 주는 것 같습니다. 한 편으로 다행인 건 깜짝 놀라게 하는 게 아닌 지속적인 놀람은 내가 어느 정도 예상을 할 수 있다는 말이며, 이건 학습할 수 있다는 뜻이기도 합니다. 학습을 하지 않고 터널이 두려워 피해 다닌다면 저는 평생 터널을 극복할 수 없을 것입니다.

두렵더라도 이 터널이 괜찮아질 때까지 저는 계속 학습할 것입니다. 계속하다 보면 언젠가 터널 안에서도 편하게 갈 수 있는 그런 날이 올 것입니다. 공포가 두렵다면 그 공포를 깨기 위해 더욱 도전할 줄 아는 사람이 되었으면 합니다. 그리고 그 공포를 이겨낼 때 느낄 수 있는 행복과 올라가는 자존감을 겪는 사람이 되었으면 합니다.

#공포를 두려워하지 마. 이겨내면 생각보다 별거 아니더라.

칭찬이 주는 통증

나는 칭찬하는 것을 좋아한다. 가족도, 친구도, 연인도, 지인도. 내 주변 사람이라면 모든 사람을 칭찬한다. 그리고 가끔은 대화를 하다가 칭찬하는 분야에 알고 있는 사람이 나온다면 "그 일을 잘하는 사람을 내가 알아!" 하면서 소개를 해준 적도 많다. 그렇게 이어진 인연들은 일로도, 관계에서도 좋은 모습으로 많이 발전했다.

그래서 칭찬하는 습관이 나에게 직접적인 득이 된 적은 없지만, 삶에서는 많은 도움이 된다고 생각했다. 그런 칭찬과 함께 연결을 해주는 행동이 결과적으로는 고맙다는 말을 많이 듣게 해주었으니.

그러나 이제는 더 이상 칭찬을 하지 않는다. 좋은 관계에 있던 사람들이 서로 갈등이 생겨 결과가 안 좋아지니 내가 했던 칭찬의 말은 거짓말로 둔갑이 되고 서로에 대한 갈등은 치솟으며 나의 뒷담화로 변질되기도 했다. 그래도 나는 그 사람들을 미워하지도 탓을 하지도 않았다.

그저 속상했다. 내가 아는 사람들이 연결되는 모습이 좋아서, 나를 통해 내 주변 사람들이 서로를 알게 된다는 게 기뻐서 했던 순수한 진심이었을 뿐인데.

그래서 이제는 누군가를 연결해 주거나 칭찬하지도 않는다. 좋은 사람을 말해주는 것보단 차라리 내가 좋은 사람이 돼야 한다고 생각했다. 그래야 의도치 않게 주변 사람의 연결이 다시 이뤄진다고 해도 나의 탓은 절대 못 할 정도로 좋은 사람이 돼야 한다고 생각했다. 그리고 주위 사람을 칭찬할 시간에 내가 오늘 잘한 일에 대해 나 자신을 칭찬할 것으로 바뀌기도 했다. 나 스스로 좋은 사람이 된다면 지금까지 했던 다른 이를 칭찬하는 사람보단 다른 이들의 입에서 나의 칭찬이 오가는 그런 사람이 될 테니깐.

내가 무슨 잘못을 했다고. 내 탓을 왜 해?

혹시나 하는 마음

지나간 후회, 미련, 이별, 슬픔 등 나를 힘들게 하는 감정이 있다. 힘듦을 주는 감정은 나를 더 깊은 후회로 만들 걸 알면서도 놓지 못한 적이 있다.

'오늘 못 본다고 해도 뭐.'
'오늘 하루만 지나면 어떻게든 되겠지.'
'분명 다시 연락하지 않을까?'
하는 마음으로.

그런 감정을 생각한 것 중 다시 내 마음처럼 되지 않는 것이 대부분이지만, '혹시나'라는 말이 포기를 못 하게 만들고 나를 더 좌절하게 만들 때가 있다.

생각은 항상 하지만 마음처럼 되지 않는걸.
나도 사람인데.

그러니깐 너무 자책하지 마. 충분히 잘하고 있어.

이별갱신

헤어짐을 통보받은 사람은 상대의 일방적인 끝맺음에 비난하지만, 너무 좋았던 관계가 하루아침에 정리가 되는 그런 이별은 없다.

사람의 마음은 자신의 한계점에서도 몇 번이나 그 사람에게 기회를 주며 바뀌길 원하지만, 참다못한 마음이 결국엔 식기 시작하고 의도치 않는 정리를 하다 이별 통보를 하게 된다.

자신과 말이 통하지 않는 상대에게 더 이상 설명할 이유가 없어지고 더 이상은 내 감정을 낭비하는 것이 싫어지며 스스로 나쁜 사람이 된다.

그리고 최악의 이별이라는 타이틀을 매번 갱신하게 된다.
사랑도 호감이 쌓여 천천히 상대를 신뢰하는 것처럼.
이별도 서운함이 쌓여 천천히 상대를 정리하는 것이다.

'갑자기'라는 말은 없다.

정리를 시작한다

오랫동안 붙잡고 있었던 것 같다.

언제든 나에게 돌아올 것이라는 잘못된 희망이 나의 포기를 망치더라.
네가 없으면 내가 불안한 것처럼.
밥을 먹는 기본 행위조차 네가 생각나는 것처럼.
너도 항상 나를 그리워할 것이라는 착각이 너를 놓지 못하게 만들었던
것 같아.
나 없이도 잘 지내는 너의 모습을 보고 이젠 놓아주려고.
그동안 정말 고마웠다는 말은 하지 못할 것 같아. 상처를 주고 떠난 건
너라는 사람이니까.

내가 힘들었던 만큼 너도 많이 아팠으면 좋겠다.
이젠 놓아줄게.

잘 가.

나에게 맞추기

신발은 짝이 있다. 짝이 맞지 않는 신발은 무얼 신어도 어색하기 마련이다. 또, 신발은 예쁜 신발과 편안한 신발이 있다. 물론 예쁘면서 편안한 신발도 있지만 이런 신발을 찾기는 정말 힘들다. 그런 신발들은 대개 수제화에 존재하기도 하지만 나의 모든 만족을 이루어줄 순 없다.

예쁜 신발은 특별한 곳이나 자신을 뽐내야 할 때 신지만 그런 하루 일정을 소화하고 집에 돌아오게 되면 불편한 신발로 인해 발에 상처가 생긴다. 그리고 그 신발을 당분간 쳐다보지도 않게 된다. 또, 다음 날부턴 다시 편안한 신발을 찾게 된다.

편안한 신발은 막 대하기도 한다. 흙탕물이 튀어도, 뒷굽을 구겨 신어도, 물에 젖어도 대수롭지 않게 생각한다. 후에 그 신발이 해지고 더 이상 신을 수 없게 되면 그제야 똑같은 신발을 찾게 되는데, 똑같은 신발을 찾아 사더라도 이전만큼 내가 느끼던 편안함을 찾을 수 없게 된다.

사람도 신발과 같다. 예쁜 신발이 내 발을 아프게 하는 것처럼 예쁠

수록 내게 상처를 주는 사람이 있고, 예쁘지는 않지만 내가 가장 애정하고 편한 사람은 날마다 함께해도 나를 항상 편안하게 만들어준다.

편안하다는 건 나에게 맞춰줬다는 것. 그리고 그만큼 소중하다는 것. 편안할수록 더욱 가꾸어줬다면 지금까지도 그 신발과 함께했을 텐데. 이제 신을 수 없는 편한 신발은 애정이 남아 버리지는 못하고 아직도 내 신발장 안에 그대로 있다. 소중함을 느끼지 못해서 지금은 미안한 마음뿐이다.

신발장은 내 마음 한 칸과 같다.

3부

봄. 감정에 피어나는 새로운 싹

\# 후회를 적게 남기는 삶이 가장 성공한 인생이래.

\# 같은 장면이라도 보는 순간의 시절이 중요하다.

\# 평범하기에 운이 좋은 것이다.

\# 내가 응원할게.

휘몰아치던 눈이 멈췄습니다.
멈춘 눈은 봄이라는 선물을 주었습니다.
따뜻한 봄이 안아주나 봅니다.

색이 피어나고 있습니다.
아직은 연하지만, 새롭게 자라나고 있습니다.
왠지, 이제는 잘 살아갈 수 있을 것 같습니다.

예쁜 사람

누구보다 예쁜 사람이 있습니다.

꽃망울이 맺혀 있는 건지 지금은 활짝 피어나진 못했습니다. 꽃이 피기 전임에도 불구하고 아름답습니다. 예쁜 사람의 피어나지 못한 꽃은 남에겐 보이지 않습니다. 그 꽃은 작고 소중하기에 아직도 가슴속에 숨겨 놓은 채로 그 꽃이 활짝 피기를 기다리고 있는 느낌입니다.

마음이 예뻐서, 따뜻해서. 누구보다 도움을 좋아하고 나를 잃어 가는지도 모른 채 예쁜 사람은 자신의 피지 못한 아름다움을 다른 사람에게 전달합니다. 예쁜 사람은 아름다움을 나눠줄수록 더욱 아름다워지면 좋겠건만, 아름다움은 한정적이기에 나눠줄수록 조금씩 시들어가기도 합니다. 그러다 아직 활짝 피지 못한 마음의 꽃망울은 힘을 잃고 곧게 폈던 줄기가 가라앉기도 합니다. 하지만, 가라앉더라도 여전히 아름답습니다.

조금씩 힘을 잃어가는 마음의 꽃망울은 바닥까지 내려앉기도 합니다. 스스로 일어날 수 없어서 속상하고 아파합니다. 그렇게 예쁜 사람은 시간이 흐르고 차가운 겨울을 홀로 맞이합니다.

시간이 지나고 봄이 왔습니다. 힘이 조금 있을 때 예쁜 사람은 주위를 둘러봅니다. 마음의 꽃 주변에 못 보던 작은 잎들이 자라납니다. 나눠주고 소멸한 줄만 알았던 아름다움이 마음의 꽃 주변으로 자라납니다. 꽃을 활짝 피우지 못하고 사라질 것만 같았던 예쁜 사람은 주위의 아름다움을 가진 작은 잎들을 보고 조금씩 힘을 얻습니다.

이제는 활짝 피어나기만을 기다립니다. 혼자도 아닙니다. 할 수 있습니다. 당신이 세상을 사랑해준 만큼 이제는 당신이 세상에 사랑받을 차례입니다.

당신은 누구보다 예쁘고 아름답게 꽃을 피울 것입니다.

 # 마음을 전달하면 언젠가 돌아옵니다.

사라지는 사람들

사라지는 사람들이 있다.

잘 지내고 좋은 감정을 자주 보여주던 사람들인데 어느 순간 연락이 안 되고 갑자기 사라진다. 그리곤 한 달, 두 달 뒤 갑자기 나타나 "나 그 때 무슨 일이 있어서 너무 힘들었어. 미안."이라는 말을 한다. 처음엔 '그 사람에게도 연락이 안 될 만큼 힘든 일이었겠지.'라고 생각하며 이해와 위로를 해줬었다. 하지만 그렇게 사라지는 사람들은 자신이 힘들어지면 두 번, 세 번 또 사라진다.

어느 순간부턴 그 사람들을 잊고 살아가기도 하고 갑자기 연락이 오면 반가우면서도 나를 그렇게 생각하진 않는 사람이라는 사실을 깨닫게 된다. 자신이 아프고 힘들어서 사라지는 건 이해가 가지만 사라지는 동안 자신을 걱정해 주는 사람을 생각하지 않는. 타인을 배려하지 않는 사람들과는 굳이 계속 연을 이어갈 필요는 없다는 생각이 들었다.

좋게 말하면 자신의 슬픔과 아픔을 공유하며 말하고 싶지 않은 거겠지만, 그 사람들은 그냥 나와의 관계가 그만큼 깊고 소중하지 않다는 말이기도 하다.

차라리 그런 유형보단 연락이 없더라도 가끔 한 번씩 만나며 깊은 안부를 주고받는 사람, 본인의 일상을 열심히 살다가 한 번씩 찾아오는 공허함의 위로를 원하는 사람이 좋다. 쌓인 공허함을 나눌 수 있다는 것은 그 사람의 인간관계에서 가까운 관계임이 틀림없으니깐.

일상생활이 바빠지면 연락의 빈도가 길어질 수 있는 건 당연하다. 그래도 내가 이어가고 싶은 인간관계라면 갑자기 사라지지 말고 한 통의 이유라도 남겨주자. 그게 소중한 사람을 생각하는 작은 마음이고 친한 사람들이라면 당신의 마음을 이해해 줄 테니.

이유는 가까운 관계일수록 더욱 필요하다.

혼자 했던 착각

내가 진심으로 사랑했던 사람을 포기하게 했던 말이 있다.

"이제는 네가 없어도 살 수 있을 것 같아.
더 이상 네가 필요하지 않아."

이 말을 듣고 곰곰이 생각했다. 이 말을 해준 사람과의 헤어짐보단 나의 연애 방식을 생각했다. 나의 연애 방식을 고민한 결과는 은근히 쉽게 나오더라.

나는 그동안 어떤 사람을 만나도 내가 필요한 사람이 되게끔 행동했었다. 그래야 그 사람이 나를 진정으로 생각하고 찾는 줄 알았다. 하지만, 나의 착각이라는 걸 알 수 있었다. 물론, 내가 필요하다는 것은 상대를 한 번 더 볼 수 있는 약속과 같은 말이기도 하지만 결국 나를 이용한다는 말이기도 하다.

'필요하다.'

부탁할 때 쓰는 단어.

이 단어는 상대의 감정과 상관없이 찾게 된다는 단점이 있다. 결국 상대가 나를 좋아하지 않아도 필요하다는 말로 찾게 되는 것이었으니. 이제는 필요한 존재가 아닌 안정을 주는 사람이 되고 싶다. 바닷소리처럼 듣고만 있어도 나를 포근히 안아주는 느낌을 주는 사람, 겨울 칼바람 속에서 온기가 생각나는 그런 사람. 한 사람이 아무 생각 없이 나에게 마음 편히 기댈 수 있도록.

마음의 안정을 주는 것도 능력이래.

바다 보러 갈래?

나는 기분이 좋을 때, 안 좋을 때, 혼자 있고 싶을 때도 항상 바다를 갔다. 혼자서도, 친구들과도, 가족들과도 그리고 과거의 인연들과도 갔다.

바다는 나의 기분이나 동행자를 신경 쓰지 않고 오로지 나에게만 집중해 주는 기분이었다. 바다는 항상 내 마음을 편안하게 해주었고 머릿속을 정리해 줬다. 그리고 언제든 나를 기다려주는 것만 같았다.

바다를 보고 가만히 앉아 있으면 마음이 잔잔해진다. 가끔 바다가 거칠 때가 있지만 그 파도조차 예쁘게 보였다. 약간의 변화를 보여줬어도 항상 같은 자리에서 그대로였으니.

나에게 마음의 안정을 주는 바다처럼 사람들은 개인마다 자신에게 마음의 안정을 주는 무언가가 있다고 생각한다. 해결되지 않는 답답한 감정이라는 건 저마다 존재할 테니깐. 내륙에 살다 보니 바다를 보러 가기 위해서는 시간이 필요하지만, 그 시간이 아깝다는 생각이 들지 않을 만큼 바다는 나에게 안정이라는 선물을 주었다.

요새도 그리운 사람을 보고 싶은 듯이 바다를 보러 간다. 그리고 좋은 사람을 만나면 언제든 이렇게 이야기한다.

"나랑 바다 보러 갈래?"

안정은 사랑의 다른 말이기도 하다.

바다는 내 마음과 같아서 편안한 걸까?

마음에서 나오는 선물

어렸을 때는 비싸고 화려한 선물을 좋아했다. 같은 선물이라도 금액이 높으면 그 마음이 더 가치 있게 느껴졌다. 현실적인 게 좋다 보니 돈을 쓰는 만큼 나를 생각한다고 의미를 담았다. 하지만, 한 선물의 계기로 아무리 비싼 선물이라도 진심이 담겨 있는 선물보다는 소중할 수 없다는 걸 알았다.

나에게 이런 기억을 만들어준 선물은 편지와 향수였다.

한 사람이 있었다. 정말 열심히 사는 사람이었다. 그만큼 사랑도 열심히 하는 사람이었다. 열심히 사는 사람은 슬프게도 행복한 일이 많이 없더라. 그 사람의 가족은 아팠고 열심히 일한 그 사람의 결과는 비싼 병원비였다. 내 생일이 다가올 무렵 솔직히 난 아무 선물도 기대하지 않았다. 그 사람의 사정을 알고 있으니깐. 다가온 생일에 그 사람은 나에게 많은 지출로 준비를 못해 미안하다며 편지와 손수 만든 향수를 선물해 줬다. 편지는 가벼운 고민으로는 나올 수 없는 문장으로 가득했고 향수를 써본 적 없는 나에게 왜 이 향수를 선택했는지와 사용 방법까지 쓰여 있었다. 그래서일까? 태어나서 처음으로 마지막 한 방울까지 써 본 향수. 그리고

5년이 지난 지금도 그 향수의 향기를 기억하고 있다.

선물은 금액보다 그 물건이 어떤 의미를 지녔는지가 중요하다는 것을 나에게 알려준 잊을 수 없던 선물.

이제는 단돈 천 원짜리 볼펜을 선물 받더라도 그 볼펜이 나의 글을 응원하는 메시지를 담은 선물이라면 나는 백만 원짜리 지갑을 주더라도 그 펜과 바꾸지는 않을 것이다.

그만큼 선물의 의미는 나에게 중요해졌다.

고마웠다.
사람의 마음이 얼마나 소중한지를 알게 해줘서.
소중한 마음의 가치를 알려주어서.

그 사람은 나에게 마음을 선물한 것이다.

봉인해제

말은 사람에게 가장 중요한 의사소통이다. 그만큼 말을 잘하는 사람들이 부러웠고 말을 잘하는 사람이 되기 위해서 많은 연습을 했다. 외적으로 뛰어나지 않은 내가 말로 사람을 만난 적도 있었고 가능성이 매우 낮았던 계약을 말로 이뤄낸 적도 있었다.

하지만 말에는 치명적인 단점이 있다는 것을 알게 되었다. 말을 내뱉다 보면 내가 이 말을 다 지킬 수 있다는 자신감을 얻는다. 심지어 이미 이뤘던 것처럼 이야기한 적도 있다. 앞으로 내 목표를 계속 말하고 행동으로 실천하면 분명 이룰 순 있겠지만 스스로 생각하기에도 너무 과한 목표는 다시 한번 생각이 필요하다고 느껴진다.

또한, 연습해도 외워서 말하지 않는 이상 머릿속에서 생각나는 말은 자연스럽게 하지 못할 때가 있다. 듣고 있는 사람의 입장에선 뒤죽박죽 무슨 말을 하는지 의문을 표할 때도 있었다. 뛰어나게 말을 잘하는 사람이 아닌 이상 너무 긴 이야기는 정리가 되질 않는 느낌이었다. 그래서 내가 전달하고자 했던 내용을 잘못 인식할 때도 있었다.

말은 아낄수록 가볍게 보이지 않고, 필요한 말만 하는 사람이 결국엔 중요한 위치에 올라가는 것 같다. 글을 쓰고 연습하면 문장의 완성도가 높아지는 것처럼, 말도 계속 연습하다 보면 내 말에 힘이 실리는 날도 올 것이라 믿는다. 그리고 살다가 언젠간. 나에게 있어서 정말 중요한 날. 그렇게 연습한 말의 열쇠를 찾아 빛을 보여줄 때가 올 것이다.

모든 연습은 빛을 보여주기 전까진 봉인된 상태이다.

알면서 하지 못한 후회

20대에 자기 개발을 하는 사람이 몇 명이나 있을까? 나도 열심히 살아왔다고 생각했는데. 정작 자기 개발을 제대로 한 시간이 없었던 것 같다. 아니 할 생각을 하지 않았다가 정답이다.

회사에 취직 후 자기 개발을 해야겠다는 내 의지와는 다르게 회사 업무와 스트레스, 그리고 쉬는 날은 친구나 연인을 만나며 대부분의 시간을 보냈다. 자기 개발이라고 해봤자 고작 운동. 물론 운동도 보람찬 일이지만 나를 성장시킨다고 생각하는 자기 개발을 할 생각조차 하지 않았다.

그저 지금 당장 내일의 일과 이번 달의 프로젝트를 쳐내기에도 너무 바빴다. 그렇게 사회 초년생을 보내고 돌아보니 나는 아무것도 하지 않았다.

지금이라도 깨달은 것에 대해 감사함을 느끼지만 '한 살이라도 더 젊었을 때 깨달았다면 지금 나는 어떤 삶을 살아가고 있을까?'라는 질문이 가끔 머릿속을 맴돈다. 결국 원하는 인생을 사는 사람들은 하루라도 빨리 자신을 연구하고 좋아하며 잘하는 일을 깨닫고 실행에 옮긴다. 그리고 그들에게는 꾸준함이 존재했다.

나도 늦었다고 생각하진 않지만, 지금이라도 내가 원하는 인생을 살기 위해 한 발짝씩 천천히 앞으로 나가고 있다.

당신이 20대라면 지금 사는 이 삶을 유지하기에도 벅찬 걸 알고 있지만, 내가 꾸준히 좋아하며 할 수 있는 일을 찾을 수 있길 바란다. 보다 만족이 높은 삶에 조금 더 가까워질 수 있으니.

＃지금 당장 이득이 없더라도 꾸준히 한다면 결과가 나올 것이다.

상상만 하지 마

사람이 살아가는데 필요한 의식주. 그중 주거 환경에 안정을 얻기 위해 사람들은 큰 노력을 한다. 하지만, 나는 주거 환경에는 큰 욕심이 없다. 집은 그저 편하게 누울 수 있는 자리와 옷을 둘 수 있을 정도의 공간만 있다면 충분하다고 생각한다.

그래서인지 돈을 모아도 집을 사야겠다는 의지가 크지 않다. 물론, 미래의 배우자에겐 미안한 생각이지만 '나와 비슷한 결의 사람을 만난다면 괜찮지 않을까?'라는 생각과 매일 발전하기 위해 노력하는 나 자신을 보며 언젠가는 나도 괜찮은 집을 가질 수 있을 거라고 확신한다.

하지만, 욕심 없는 사람은 존재하지 않는 것처럼 집과는 다르게 차에 관해 관심이 높다. '카푸어(본인의 소득에 비해 높은 비용의 차를 사서 생활에 지장을 주는 사람)'는 아니지만 차를 많이 좋아하는 편이다.

첫 회사에서 자동차 관련 마케팅 일을 해서 그런지 차에 대한 애정이 높은 편이다. 그리고 성공하면 내가 꿈꾸던 차를 사야겠다는 생각을 가지고 있다. 하지만, 나는 그런 생각과는 다르게 아무것도 실천하지 않는 한심한 사람이다. 그저 '로또가 당첨된다면 얼마나 좋을까?'라는 생각만 가졌다.

아마, 절실함에 대한 두려움을 아직도 모르는 것 같다. 20대 때 나이에 비해 높은 월급, 일찍 시작했던 사업이 잘되다 보니 절실함이라는 단어를 알지 못했다. 이후 성공에 대한 절실함을 깨닫지 못한 나는 사업을 정리했고 후회와 함께 절실함을 알게 된 후에야 비로소 한두 개씩 나의 목표를 향해 나아가는 중이다.

"사람은 바닥을 찍어봐야 정신을 차린다."는 말.
전부터 '나는 해당하지 않는다.'는 생각과 함께 아무 생각 없이 스쳐 지나간 생각. 그땐 왜 절실하게 생각을 못 했는지 후회도 해보지만 이미 지나간 일이고 앞으로는 더욱 큰 성공을 위해 나는 나아갈 것이다.

이젠 상상을 현실로 만들 때가 온 것 같다.
꾸준히 노력하고 성공하자.

하루에 10분씩 하는 투자가 후에 내 본업이 될 수도 있다.

스쳐 간 인연

살면서 스쳐 간 인연이 너무 많다.

백 명이 있다면 그중 대부분 기억을 못할 정도로 스쳐 간 사람들. 그건 과거에 만나던 사람들도 해당이 된다.

없으면 죽고 못 살던 사이가 어느새 스쳐 지나간 관계가 된다는 것. 시간이 지나고 보면 당연한 일이겠지만, 내가 그만큼 좋아했던 사람을 잊는다는 건 너무 슬픈 현실이기도 하다.

잊힌 기억 속에서 가끔 그 사람들이 나타날 때가 있다. 같이 갔던 카페를 우연히 지나가거나, 그 사람만 하던 행동과 습관을 다른 사람에게 느꼈을 때. 그럴 때마다 그 사람과의 끝이 나쁘지 않았다면 가끔은 생각나기도 한다.

물론, 생각난다고 해서 보고 싶다는 말은 아니다. 그저, 잊은 줄 알았던 기억 한편에 나도 모르는 그 사람의 기억이 남아 있다는 말이지….

스쳐 간 인연. 가끔은 생각나는 사람.

이제는 그만 생각났으면 하는 사람도 있다.

저장되는 사람

살다 보면 많은 인연을 만나지만 단 하루를 만나도 기억나는 사람이 있다.

그런 사람은 특별한 것도, 뭔가 기억에 남을만한 행동을 한 것도 아니지만, 전생에 연이 남아 있는 건지 이상하게 기억에 남는다.

그와 반대로 오랫동안 만나던 연인인데도 불구하고 금방 지워지는 사람도 있다. 둘만 가질 수 있는 추억을 여럿 만들었지만, 시간이 조금만 지나도 기억이 나질 않는 사람.

오랫동안 만나던 인연은 쉽게 잊는 것처럼. 내가 누군가를 그리워하고 다시 만나고 싶어 하더라도 나와 같이 지워질 수 있는 존재란 걸.

내가 그리워하는 사람에게 지워진다는 것이 속상하지만, 방법이 있을까? *나를 간절하게 원하던 사람도 내가 잊어버렸는데.*

#그래서 인연이란 게 있나 보다.

내 인생 마지막 순간 가는 법

살면서 가장 중요하게 느낀 깨달음. '지름길은 없다.'

태어날 때부터 타인에겐 종점이라고 생각되는 길에 서 있는 사람들도 있지만 그 사람들도 자신이 원하는 종점이 있으며, 모두가 함께하는 출발선에서 시작한 사람들에게 지름길은 존재하지 않았다.

성공을 원하는 사람들은 하나의 길에서 천천히 걷든, 빠르게 걷든, 그 길의 끝까지 가기 위한 노력과 시간이 필요하다. 그 길을 조금이라도 줄여보고자 많은 시도를 해봤지만 내가 빨리 걷더라도 상황이 느리게 갈 때도 있었으며, 종점이라고 생각했던 목적지는 기착지에 불과한 경우도 있었다.

물론, 돈이 내 길의 종점이라면 큰 위험을 겪고 이겨낸 성공이나 희박한 확률의 운이 지름길이 될 수 있다. 그렇지만, 돈과 관계없는 분야의 종점을 원한다면 시간과 노력, 그리고 흥미가 있어야 한다. 시간과 노력을 오랫동안 하더라도 흥미가 없다면 그 분야의 종점을 만날 수 없다. 즐기는 자는 이길 수 없으니.

포기하지 않고 끝까지 하자.

그리고 내가 노력하는 이 분야의 흥미를 느껴보자.

그러다 보면 그 길의 종점을 만날 수 있을 것이다.

\# 늦더라도 그 마지막을 볼 수 있는 날이 왔으면.

이 사람은 피해주세요

사람을 만나다 보면 가끔 쎄한 사람이 있다. 그건 연인관계에서도 나타날 수 있다.

전에 만나던 사람 중 첫 만남이 쎄한 사람이 있었다. 연애에 신중함을 생각하던 내가 그 사람을 너무 좋아한 나머지 그 감정을 무시하고 오랜 연애를 이어갔다.

그래서일까? 나 혼자서 감정을 주는 연애를 하는 느낌이었다. 또, 처음으로 가족과 지인들도 내 연애를 반대했다. 하지만, 무섭게도 내가 정말 좋아하다 보니 주변의 말이 들리지 않았다. 그저, 진심이라는 감정이면 모든 것을 해결해 줄 수 있다는 생각으로 그 사람을 대해주니 조금씩 사랑이 느껴지기도 했다.

하지만, 딱 거기까지.

그 사람을 믿고 나를 사랑할 수 있을 것이라는 생각은 착각이었고 결국 그 연애의 끝은 좋지 못했다.

나는 사랑했던 사이라면 연애의 종점이라 할 수 있는 이별조차 상대를 존중해야 된다는 입장으로 연애를 해왔다. 하지만, 그 사람은 아니었다.

단지, 10초.

2년을 만났던 그 사람에겐 10초라는 시간이 우리 관계의 끝으로 충분했다. 나는 이별 통보를 받고 조금의 이야기도 하지 못한 채 얼굴을 마주할 수 없었다. 정말 아무것도 할 수 없었다.

허무했다.

내가 이런 종점을 보기 위해 이렇게 그 사람을 위해 희생한 건가 싶은 생각이 들기도 하고, 이별 이후 처음으로 연애라는 게 두려워지기도 했다. 이런 결말을 보기 위한 연애라면 차라리 안 하는 게 낫다는 생각이 들었다. 상처뿐인 사랑이 있다는 걸 알게 되었고 '내가 타인을 존중하면 상대도 나를 존중한다.'라는 생각을 버리게 됐다.

사람은 첫인상, 말투, 살아온 환경 등 많은 것으로 어느 정도 판단을 할 수 있지만 내 조건에 맞는다고 하더라도 쎄한 느낌이 든다면 조심스럽게 접근하길 바란다.

결국, 내 무의식이 그 사람을 본능적으로 밀어내는 것이다. 이 사람과 친해지면 내가 다친다고. *제발 그만하라는 신호.*

어떤 관계에서도 나타날 수 있다.

관계 그리고 차이

친구.

친구는 연을 끊을 각오로 다투어도 다시 친구가 될 수 있다.

오히려 다툼 이후 오랜만에 연락하고 만나서 '우리 예전엔 정말 재밌었는데 무슨 일 기억나?' 하며 옛 기억의 회상과 함께 금방 예전의 관계를 만들어가기도 한다.

나도 그랬었고….

하지만 연인은 만나는 과정이 아무리 좋아도 결말이 생긴다면 두 번 다시 볼 수 없다.

간혹 친구로 남는 연인들도 봤지만, 그 관계가 오래가진 못하더라. 전 연인이 만나는 사람이 생기거나 결혼한다면 그 관계를 유지한다는 건 말이 되질 않는다. 그리고 위 내용에 어울리는 단어가 하나 있다.

'기간제 절친' 옛 연인을 표현하는 단어.

사람의 인간관계가 지속되는 건 과정과 결말도 중요하지만, 그 사람과 어떤 관계에 있었는지가 가장 큰 차이이다. 얼마나 깊게 그 사람과 함께 시간을 보냈는지도 중요하다. 우리 둘만 아는 비밀이 많은 사이일수록 관계가 끊어진다면 그 비밀이 함께할 수 없는 이유가 되기도 한다. 사람의 관계는 누구의 잘못을 떠나 무언가 맞지 않는다면 끝나기도 한다.

그러니 누군가와의 연이 끊어졌을 때 자신을 탓하지 않았으면 좋겠다. 그저, 스쳐 갈 사람이었으며 우린 그것을 모를 뿐이니깐. 그렇다고 사람을 만날 때 선을 두고 만나지 않았으면 한다. 모든 연은 소중하기에 어떤 결과를 만들더라도 후회 없는 관계가 될 수 있도록 최선을 다하길 바란다.

그러다 보면 평생 함께하는 절친이 나타나겠지.

외로움을 사랑하는 과정

나이를 먹을수록 갑작스럽게 약속을 잡고 만나거나 심심할 때 만날 수 있는 친구가 줄어든다. 어렸을 땐 따로 약속을 잡지 않고 집 앞 놀이터만 가더라도 마치 약속한 것처럼 보이던 여러 친구가 있었고 이 친구들과는 저녁 먹기 전까지 편하게 놀 만큼 친한 관계였다.

이렇게 편한 관계는 이젠 그리운 기억 속 존재로만 남았다. 그나마 연인이라도 있는 시기에는 연인과 저녁을 먹거나 여행이라도 갈 수 있지만 연인이 없을 때는 외로움이 커진다.

나는 혼자서도 잘 놀 수 있는 사람이라 혼자 밥을 먹거나, 드라이브하며 카페를 다니거나, 영화도 보지만 누군가 같이한다는 것과 혼자 한다는 것은 꽤나 큰 심리적 차이를 보여준다.

혼자 하는 것.

2030 유행처럼 번진 적도 있지만 그만큼 바쁜 현시대의 외로움을 나타낸 것은 아닐까 싶다.

나는 혼자 제주도 여행을 계획한 적도 있었다. 하지만, 생각해 보니 하루, 이틀은 재밌어도 그 이후에 나타나는 외로움을 감당할 수 없을 것 같아서 포기한 적도 있다. 그래도 혼자 노는 걸 좋아하는 친구들은 있더라. 혼자 여행을 가서 게스트 하우스를 잡고 새로운 친구들을 만나는 사람들. 그렇지만 이것도 결국은 새로운 사람을 만난다는 설렘이 있어서 가능한 게 아닐까?

사람이 혼자 있는 걸 정말로 좋아하는 동물이었다면 외로움이라는 단어 자체가 생기지 않았을 것이다. 혼자 있는 시간에 외로움을 극복하려고 하지 않았으면 한다. 그저, 외로움이라는 감정에 조금 더 친해져 봤으면 좋겠다.

외로움을 없앨 수는 없다. 그저 더 다가설 뿐이다.
우리는 오늘도 외로울 수 있다. 그 외로움을 즐길 수 있는 사람이 돼 보는 것도 하나의 방법이다.

너도 내 감정 중 하나니깐. 이제 친해져 보자.

영원한 것은 없기에

나는 어렸을 적 할아버지의 오토바이 뒷자리를 좋아했다. 할아버지를 뒤에서 안고 같이 동네 산책을 다니던 기억이 있다. 그때만 해도 할아버지와 평생 이렇게 동네 산책을 나갈 수 있다고 생각했다. 또, 초등학생 때는 평생을 함께하자는 친구와의 우정이 영원할 것만 같았다.

하지만, 슬프게도 영원한 것은 없더라. 할아버지는 시간이라는 벽 앞에서 나와 작별을 고하셨고, 친구는 이사 이후 몇 번 연락은 했지만, 어느 순간부터 멀어지기 시작하며 지금은 번호조차 없다.

조금은 위안이라고 할 수 있는 건 할아버지는 지금도 내 곁에 늘 함께 있다고 생각한다. 또, 애초에 친구는 같이 있던 시간보단 짧은 시간이라도 결이 맞는 사람이 더욱 깊다고 생각하기에 슬픔에 빠져 있지는 않다.

내가 아무리 원하더라도 영원한 것은 없다.
무엇이든 결국엔 떠나보내야 할 때가 온다.
그게 언제인지는 아무도 알 수 없다.
시간은 늘 그래왔으니깐.

시간은 우리에게 해답을 줄 때도 있지만 예측할 수 없는 미래를 줄 때가 훨씬 많다. 그렇기에 오늘이 마지막이라 생각하며 최선을 다하는 것도 나쁘지 않은 방법 중 하나다.

가족이든 친구든 연인이든 있을 때 잘하자. 이 말이 틀렸다고 생각한 적은 없다.

그렇기에 오늘도 말하자. '사랑해.'

삶의 확률 높이기

"그거 1% 가능성도 안 되는데 그걸 왜 사?"

가끔 잔돈이 남을 때 로또를 사던 나에게 친구가 해준 말이다. 나는 이 질문에 대한 답을 "그래도 갖고 있으면 일주일을 기대할 수 있잖아. 안되면 기부하는 거지."라고 답했다.

확률은 사람에게 기대를 준다. 확률의 퍼센트는 중요하지 않다. 그저, 우연히 될 수도 있는 그 희망을 좋아할 뿐이다. 그렇기에 사람은 확률을 좋아한다. 내가 로또에 당첨될 확률, 게임에서 좋은 아이템을 얻을 수 있는 확률, 내가 걷다가 생각하는 사람을 만날 수 있는 확률. 그런 확률이 하나씩 모여 희망을 만들기도 한다.

확률은 갖고 싶은 것에 대한 욕망이기도 하다. 적은 확률이라도 대부분의 사람은 도전한다. 그렇기에 아직 로또가 성행하고 뽑기류의 이벤트가 사라지지 않는 것이다.

낮은 확률은 실패를 하더라도 '역시 되긴 힘들었어.'라 생각하며 상처를 주진 않는다. 그리고 만약 그 확률을 뚫었을 때는 높은 만족감의 선물이 쥐어진다.

그렇기에 꿈을 이룰 수 있는 것도 결국엔 어느 정도의 확률이 필요하기도 하다. 나의 노력에 대한 결과를 세상에 펼쳐놔도 그 시기에 알아봐 주는 사람이 없다면 그저 나 혼자서만 고생한 흔적에 불과하기 때문이다.

우리가 지금, 이 순간에도 노력하는 이유는 내 성공의 길에 확률을 더욱 올리기 위해서라는 것. 그러니 내가 생각한 것에 비해 적은 결과를 내비친다고 하더라도 계속 그 일을 이어갔으면 한다.

결국, 꾸준함의 확률은 백 퍼센트로 돌아온다.

내가 응원할게.

당신, 운이 참 좋다

'나는 왜 이렇게 운이 없을까?'

아마 대부분의 사람이 살면서 한 번쯤 생각할 것이다. 지인 중 태어나서 단 한 번도 술과 담배를 해본 적 없고 운동도 열심히 하며, 건강하게 사는 사람이 있었다. 이 사람은 20대 중반, 꽃다운 나이에 암에 걸렸다.

얼마나 좌절했을까. 얼마나 고통스러웠을까. 그는 정말 열심히 살았을 뿐인데 왜 그런 불행이 찾아왔던 걸까? 그 사람의 상처 난 마음을 아무리 이해하고 위로하고 싶어도 나는 그 사람의 마음을 이해하지 못하겠지….

또, 따뜻한 눈으로 세상을 바라보며 사는 다른 지인이 교통사고로 하루아침에 불구가 되는 소식도 들었었다. 왜 바르고 착할수록 아픔이 많은 걸까. 이런 마음을 가지면 안 되지만 벌을 받아야 하는 사람도 아무 문제 없이 잘 살아가는데 왜 좋은 사람들은 불행을 겪는 걸까.

사람은 시련을 겪으면 단단해진다는 말이 있다. 하지만 그 말이 이 사람들에게 진심으로 위로가 될까 하는 생각이 든다. 비록 아프지만, 그 사람들이 진심으로 이겨내고 행복했으면 좋겠다. 그리고 미래의 나에게 어떤 일이 벌어질진 모르지만, 지금 당장 평범한 아침에 눈을 뜨는 나에게 감사함을 느낀다.

오늘도 아무 일이 없던 내 하루가 감사하다.

평범하기에 운이 좋은 것이다.

아픈 만큼 행복하세요

나는 어디를 가도 아픈 사람이었다.

어릴 땐 몸이 허약해서 걷다가 넘어지는 일도 종종 있었고, 어른이 된 후엔 몸이 천천히 아프다가 결국엔 마음의 병으로 커졌었다. 그리고 주변 가족, 친구 심지어 연인까지. 한두 번은 "괜찮아?"에서 여러 번 지속되니 "뭘 이거로 그렇게 유난이야?"로 바뀌었다.

너는 모를 텐데. 내가 어떤 몸 상태고 어떤 느낌이었을지.

아무 일 아닌 것처럼 이야기하는 말들이 아픈 나 자신을 더욱 벼랑 끝으로 내몰았다. 나도 아프고 싶지 않은데. 나도 정상적으로 살고 싶은데. 왜 나는 아파야 할까? 하루에도 수십 번씩 나에게 던졌던 질문.

이런 질문과 생각이 나를 더욱 아프게 만들었다. 그리고 들었던 생각. 내가 나를 먼저 속이자. 이 생각을 하고 난 후부턴 나는 아파도 아프지 않다고 했고, 슬퍼도 힘들지 않다고 했다.

나는 건강한 사람.

나는 행복한 사람.

그런 사람이 되기 위해 실제로 노력했다. 사람은 망각의 동물이라고 그런 생각을 습관처럼 하다 보니 거짓말처럼 하나둘씩 몸이 나아지고 있었다.

물론, 행복한 사람이라고 나를 계속 숨기는 건 좋지 않다. 모든 감정은 각자 다른 성장을 주기에.

그렇게 지금의 나는 괜찮아졌지만, 지금도 가끔 그런 생각을 해본다.

내가 아프다고 하면.

곁에서 아무 말 하지 않고 안아주는 사람이 있었다면.

내가 조금 더 빨리 괜찮아지지 않았을까?

사람에게 느끼는 위로를 이길 수 있는 건 없다.

남자가 하는 사랑 방식

어렸을 때 우리 집엔 정수기가 없었다. 언제나 우리 집 물은 맑은 물이 아닌 끓인 물. 그러다 보니 친구 집에 놀러 가서 가장 먼저 보는 건 정수기였다. 정수기를 사용하는 친구 집이 부러웠고, 맑고 투명한 물을 마시면 이상하게 더 맛있는 맛이 난달까?

한 번은 아빠에게 투정 부리며 정수기를 사달라고 한 적도 있었다. 아빠는 "정수기 물보다 끓인 물이 건강에 더 좋아."라고 대답해 주셨다. 그 말을 듣고 어렸던 난 아빠의 말을 부정이라도 하듯 물을 사 먹고 다니기도 했다.

하지만 이제는 아빠가 해주는 끓인 물만 마신다. 그 물은 쉽게 끓일 수 있는 물이지만 이제는 손이 조금 주름진 아빠가 물을 끓여주면 세상 어떤 물보다 맛있다는 생각이 든다.

한 살, 두 살 나이를 조금씩 먹다 보니 조금은 알 것 같다. 이 물이 어떤 의미가 있는지. 물을 끓인다는 건 단순히 행동한다는 의미보단 가족에 대한 사랑이 담겨 있다는걸. 아무 생각 없이 할 수 있는 행동은 없다. 누군가를 위한 행동이기에 나는 이 물에서도 사랑을 느낄 수 있다.

사람은 피곤할 땐 어떤 일이든 하기 싫어지기 마련이다. 하지만 아빠는 피곤한 날에도, 술을 드신 날에도 꼭 물을 끓여주신다. 이게 사랑이 아니라면 어떤 답을 내놓을 수 있을까?

감사하다.

그리고 이 사랑의 행동을 내가 빼앗고 싶진 않기에 오늘도 물을 끓이는 아빠의 모습을 지켜본다.

"아빠. 물 언제 돼?"

하루

|

오늘 당신은 어떤 하루를 보냈나요?
의미 있고 값진 하루를 보냈나요?

매일 오는 이 하루가
반복적인 일상의 하루가 아닌

당신에게 하루하루가
의미 있는 날이 되기를.

오늘, 이 하루가 마음만큼은 따뜻했기를.

사랑받는 하루 되세요.

청개구리

"모래에선 구르며 놀면 안 돼."

유치원생 때 선생님에게 가장 많이 듣던 말.
'하지 마.'라는 말은 더욱 하고 싶게 하는 욕구를 만든다. 혼나는 걸 알면서도 결국에는 한다. 자극을 주니깐.

이건 정말 나쁜 연애를 하는 사람들에게도 나타난다. 법적으로 바람이 처벌을 받거나 금지는 아니지만, 사람들은 기본적으로 한 명을 만나고 있으면서 다른 사람을 만나는 것을 정말 나쁜 사람으로 생각한다.

하지만, 은근히 많은 사람들이 양다리, 바람 등의 경험을 한다. 그걸 하는 사람들은 새로운 자극과 설렘을 이기지 못한 것이다. 사람이 본능에 충실하다는 말을 백번 이해한다고 해도 나는 그런 사람들을 절대 이해할 수 없다. 이 정도 통제도 할 줄 모르는 사람이었다면 정말 만나지도 않았을 텐데.

만나던 사람에게 이런 상처를 줬다면 꼭 똑같이 경험하고 똑같이 이별했으면 좋겠다. 그런 쓰레기 같은 이별이 얼마나 그 사람에게 트라우마와 심적 고통을 주는지 똑같이 느껴봤으면 좋겠다.

바람피우는 인간들.
결혼해서 배우자가 똑같이 할 거다.

자신이 했던 모든 행동은 되돌아온다.

닮고 싶은 사람

힘든 다이어트를 이겨내고 유지하는 대단한 사람들.

정말 열심히 공부해서 원하는 대학과 취업을 하는 사람들.

그리고 'SNS'에 자신의 성공 과정과 성공을 보여주는 사람들.

모두 동기부여를 주고 정말 닮고 싶은 사람들이지만. 내가 가장 닮고 싶은 사람은 말을 예쁘게 하는 사람이다. 말을 예쁘게 하는 건 자라온 가정환경도 주위 친구들의 영향도 있다. 하지만, 감정이 쌓이거나 스트레스를 받을 때도 말을 예쁘게 한다는 건 조절을 한다고 되는 문제가 아니다.

그 사람 자체가 심성이 착하고 닮고 싶은 사람이다. 나는 나 자신의 심성이 착하다고 생각하지 않는다. 그래서 말을 예쁘게 하는 사람들을 너무 닮고 싶다.

한 번은 정말 친한 친구가 집 앞 공사장의 인부에 대해 이야기한 적이 있다. 친구의 집 옆 공터에서 건물을 새로 짓고 있는데 집 앞에 세워놨던 친구의 차에 시멘트가 묻었다. 친구는 차에 큰 욕심이 없는 사람이라 단지, 보험 처리를 해줄 수 있는지 묻고자 공사장에 찾아갔었다. 하지만,

돌아오는 대답은 욕과 핑계뿐이었다.

"우리가 했다는 증거 있어요? 아침부터 재수 없게 말도 안 되는 소리를 하고 있어. 쯧."

내가 만약 이런 상황을 겪었다면 나도 모르게 진심으로 화가 먼저 나오지 않았을까? 하지만 친구는 이런 상황을 겪고도 예쁜 말을 했다.

"어르신. 아침부터 불편하게 해드려서 죄송합니다. 공사하는 곳이 여기밖에 없고 어제 시멘트를 사용하고 계신 걸 봐서 여쮜본 거예요. 기분이 나쁘셨다면 진심으로 사과드립니다."

어떻게 이런 일을 겪고 이런 말을 할 수 있을까?
이건 정말 심성이 착하다는 말로밖에 해답이 없었다. 그리고 친구에게 화가 나지 않냐고 물어보니 친구는 나에게 이렇게 말을 했다.

"공사는 정말 힘든 일이기도 하고 분명 집에 가족도 있으실 텐데. 원래 저런 분은 아니겠지. 분명 오늘 안 좋은 일이 있으셔서 그러신 것 아닐까?"

살면서 타인의 일과 생각을 이해하진 않아도 되지만, 이 친구의 연인이나 가족만큼은 정말 행복할 것으로 생각이 들었다. 착하면 바보라는 말도 있지만 나는 이런 바보 같은 사람들을 진심으로 좋아한다.

마음속에서 나오는 진심 어린 말로 남을 배려하는 사람들.

존경심이 들 정도로 착하다.

고민하지 말고, 떠나

문득 떠나고 싶은 날.
아무 고민 없이 예쁜 것만 보고 싶은 날.

시간만 된다면 언제든 떠나자.
예쁜 걸 볼 때 넌 누구보다 예쁘니깐.
낭비라고 생각하지 않아 줬으면 좋겠어. 이 하루를 떠난다고 해서 큰 손해를 보는 것도 엉켜 있던 무언가가 해결되는 것도 아니잖아? 그러니 그냥 한 번 떠나봐.

목적지를 정하지 않았더라도,
계획된 여행이 아니라고 생각해도.
그저, 발 길이 이끄는 곳으로 한 번 나가보는 거야.
그러다 보면 새로운 인연을 만날 수도 있고 풀리지 않던 문제에 생각하지 못한 해결 방법을 찾을 수도 있어. 그저 여행만 다녀오더라도 아무 걱정 없이 다녀온 여행이라면 충분히 만족하고 즐거웠을 거야.

그러니 고민하지 말고, 떠나.

\# 여행은 다양한 경험을 만들어준다. 그건, 심리적인 경험도 포함이다.

해와 달 그리고 별

내가 어렸을 때부터 한 번도 변한 적 없는 것.
하늘만 보면 언제나 나를 기다려줬던 것.
단 한 번도 약속을 어긴 적이 없던 것.
보고 싶을 때 매일 볼 수 있던 것.
힘들 때 보면서 위로했던 것.
기도를 할 수 있던 것.
한결같은 곳.

똑같다는 건 소중하다는 말.

명작 영화

재회.

끝난 인연이 만나다.

누군가는 간절히 원하는 것.

누군가는 끔찍하게 싫어하는 짓.

누군가는 미쳤다고 생각하는 행동.

누군가는 하고 싶어서 매일을 기도.

우리가 사는 세상 속 연인이라는 관계는 왜 이렇게 어긋나는 걸까? 사랑하는 사람이 항상 내 마음과 같다면 얼마나 행복할까. 지금 이 사람이 아니면 죽을 것 같을 때. 그리고 무슨 일이 있더라도 그 사람을 붙잡고 싶다면 나부터 모든 걸 포기하는 사람이 되어야 한다. 재회는 기존 연애를 이어서 하는 것이 아닌 연애를 했던 사람과 새롭게 시작하는 것이다.

그러니 이별을 받아들이고 인정부터 하자. 나를 성장시키고 내 가치관을 올리다 보면 언젠가 그 사람을 다시 봤을 때 그 사람은 헤어질 때의 초라한 내가 아닌 성장한 나를 보게 될 것이다. 그럼 다시 올 사람은 연락할 것이고 연락이 안 온다면 더 좋은 사람을 만나면 된다.

재회는 한 번 봤던 영화를 다시 보는 것이라고 표현하지만,

그 영화가 내 인생의 명작이었다면.

다시는 이런 영화가 나오지 않을 것이라는 확신이 든다면 두 번이고 세 번이고 또 보고 싶겠지.
상대도 알게 되겠지.

봤던 영화를 본다고 같은 장면 속에서 같은 감정을 느끼지 않고 다른 감정을 느낄 수 있다는 것을.

같은 장면이라도 보는 순간의 시절이 중요하다.

떡볶이집 할머니

집에 오는 골목길 앞 떡볶이를 팔던 할머니가 계셨다. 할머니는 눈이 오나 비가 오나 날씨가 너무 추울 때를 제외하곤 항상 그 자리를 지키셨다. 떡볶이가 너무 맛있어서 한 번은 한 달 동안 매일 먹은 적이 있을 정도로 떡볶이를 자주 먹었었다.

눈이 내린 어느 날. 할머니는 보이지 않으셨다. 단지, '눈 때문이겠지, 날씨가 추워서겠지.'라는 생각과는 다르게 1년이 지나도 할머니는 나오지 않으셨다. 그러다가 기억 속에서 잊힐 때쯤 우연히 듣게 된 소식.

할머니는 하늘의 별이 되셨다고.

나는 그날 집에 오는 골목부터 집에 와서 잠들기 전까지. 마치 어린아이가 된 것처럼 울었다. 할머니는 나와 대화를 많이 하지도 않으셨고, 그렇다고 깊은 사이도 아니었는데.

왜 그분의 소식이 나를 이렇게 아프게 할까?
떡볶이 안에 간직하던 어린 시절 추억의 맛이 느껴져서일까?
아니면 가끔 한 마디씩 안부를 묻던 할머니의 진심을 알아서일까? 그

것도 아니라면 그저 시간 앞에 허무하게 떠나는 주변 이들을 본다는 게
속상한 걸까.

　　오늘도 할머니의 떡볶이가 그립다.
　　평소처럼 집 앞 골목길을 보면 그 자리에 계실까 봐.
　　오늘도 나는 그 골목길 끝을 하염없이 바라본다.

　　# 우연찮은 소식이 슬픔을 줄 때가 있더라.

작아진 나

문득 그런 날 있잖아.
갑자기 공허하고 외로워질 때.
세상에 나 혼자 남은 것 같을 때.
작아진 나를 보게 될 때.

이 감정을 피하지 말고, 마주해보는 건 어떨까?
이 감정도 결국엔 나의 일부니깐

지나간 감정은 두 번 다시 겪을 수 없다.

생각하기도 싫은 날

조심해도 뭔가를 떨어뜨리고 쏟는 날.
매번 같은 시간에 타던 버스를 놓치는 날.
귀중품을 잃어버리고 에어팟이 고장 나는 날.
'재수가 없다.'라는 말과 기분이 좋지 않던 날.

하지만 그런 날도 되돌아보니
속상한 하루 중 한 번쯤은 좋았던 일이 있더라.
좋지 않은 날을 잊어버리지 말고,
추억은 아니더라도 기억으로 남겨보자.

분명 이런 날도 나에게 도움 됐던 하루라는걸.

\# 의미 없는 하루는 존재하지 않는다.

당신의 기념일

나는 초등학생 때 매년 있는 생일을 기다렸다. 초등학교 생일은 친구들과 햄버거를 먹고 사진을 찍은 후 피시방에 가서 게임을 했다. 이제는 마음만 먹으면 언제든 할 수 있는 이 일이 그때는 왜 이렇게 1년이 기다려지는지, 무엇이 나를 이렇게 설레고 기분 좋게 한 건지.

엄마가 해주던 집밥이 아닌 햄버거를 먹는다는 것.
집에선 오래된 컴퓨터로 할 수 없는 게임을 피시방에서 한다는 것.

내가 평소에 할 수 없던 것을 할 수 있다는 것이 나를 설레게 한 걸까? 아니면 생일이라는 그 기념일이 나를 그렇게 행복하게 했던 것일까? 이렇게 단순한 것에서도 큰 행복을 느끼는 나였는데. 소소한 행복을 찾기 힘들어진 나는 지금 행복한 게 맞을까?

이제는 더 이상 생일도 즐겁지 않다. 성인이 된 후에는 생일이라고 챙겨주는 사람들이 고맙긴 해도 365일 중 그저 똑같은 하루라는 걸 알게 됐으니.

똑같이 학교를 갔고, 똑같이 일을 했고, 똑같이 운동했던.
단지, 반복되는 하루라는 것을 알았으니.

그래도 나의 생일은 별 볼 일 없지만 내가 아끼는 사람들의 생일은 특별했으면 좋겠다는 생각으로 가족과 친구 또는 연인의 생일은 최선을 다해서 챙겨줬다.

그분들의 생일에 내 생일과 같은 감정을 느낄진 몰라도 당신의 기념일은 최고가 되었으면 하는 바람으로.

오늘도 사랑하는 마음으로 내 사람들을 챙긴다.

\#아직도 나보다 타인이 소중한 것 같다.

"생일 축하합니다."

잘 자

잘 자라는 말.
좋아하는 사람에게 들으면 설레는 말.
친한 사람들에게 들으면 편안해지는 말.
하루의 끝을 전하는 인사말.
누군가에게 잘 자라는 말은 수도 없이 해봤다.

그러나 나에게는 해본 적이 없는 것 같다.
오늘은 다른 누군가에게 하지 말고
오늘만큼은 하루를 고생한 나에게 말해주자.

"오늘도 고생했어. 잘 자."

오늘은 아무 생각하지 말고, 푹 자.

용서를 왜 해

용서를 오해하는 사람들이 많다. 용서는 나를 싫어하던 사람이 다시 친해지길 바랄 때 하는 것이 아니다. 용서는 내 사람들에게만 하는 거다.

나와 싸운 사람, 나를 떠난 사람. 용서하는 게 아니다. 용서를 못 할 뿐이지. 그 사람을 내가 용서한다고 해도 그 사람은 나의 용서에 대해 관심이 없다. 내가 스스로 그 사람을 용서해도 결국 그 사람은 내가 한 용서를 알 수 없기 때문이다.

누군가를 미워하고 용서한다는 것. 다 부질없는 짓인 것 같다. 용서하지 말자. 그냥 무시하고 나 혼자 잘 살자. 잘 살고 있는 나를 보게 될 때 그때가 그 사람이 후회하는 시간이다.

그러니 누군갈 용서하는 것보단 그 시간에 나를 좀 더 나아가게 만들자. 내가 용서라는 단어를 모를 정도로 크게 성장하자.

내가 얼마나 대단한 사람인지 알게 해줄게.

어둠 속 나아가기

눈을 감는다는 표현은 일반적으로 앞을 내다보기 힘들 때 사용하는 표현 중 하나다. 당장 눈앞이 막막하고 헤쳐 나갈 수 없을 것 같은 일이 벌어졌을 때. 일반적인 사람들은 이런 감정이 휘몰아칠 때 보통 화를 내거나 감정적인 행동을 하기 마련이다.

나도 그랬다. 사람은 그만큼 감정이라는 것을 통제하기 힘든 동물이니깐. 하지만, 최근 김창옥 선생님의 〈김창옥 쇼〉 중 '어두운 시기일수록 눈을 감아보면 좋다' 강연을 듣던 중 '눈을 감는다'라는 말의 진짜 의미를 알게 되었다. 눈을 감는다는 것은 회피하는 것처럼 보일 순 있지만 회피하는 것이 아니다. 이 말의 의미는 영화관에서 알 수 있다.

깜깜한 영화관에서 앞을 잘 보기 위해서 일반적인 사람들은 눈을 크게 뜬다. 하지만 크게 뜰수록 어두운 영화관의 내부는 똑같을 뿐이다. 이때 할 수 있는 방법 중 하나가 바로 눈을 감는 것이다.

눈을 감고 천천히 10초를 세고 눈을 뜨면 깜깜했던 영화관의 내부가 조금씩 보이기 시작한다. 우리의 삶 속에서도 깜깜한 영화관과 같이 풀리지 않는 답답한 일이 찾아왔을 때 눈을 크게 뜨고 최대한 이 일을 빨리 해결하기 위해 노력하는 것이 아닌 그럴수록 눈을 감고 천천히 생각해 보는 것이 옳은 선택일 수도 있다. 급하게 해결하려고 할수록 되던 일도 안되는 법이다.

마치 우리 인생이 깜깜한 영화관 속이라고 해도 시간이 지나고 그 일의 끝이 찾아온다면 영화가 끝나고 밝게 빛나는 영화관 내부처럼 인생의 빛도 찾아올 것이다.
조급하게 살지 말자.
조금은 늦더라도 천천히 한 장면씩.

내 인생의 명장면을 만들면서 살아보는 것도 방법이지 않을까?

#정확한 답은 없지만, 성급하게 선택하진 말자.

언어의 예의

언어에도 예의가 있다. 첫 만남에서는 사람의 첫인상이 중요하지만 아무리 잘생기고 예쁜 사람을 만나도 그 사람과의 관계를 유지하는 것은 서로가 소통하는 언어다.

아무리 나와 잘 맞는 사람이라도 내가 하는 말에 상대가 항상 부정적인 태도를 보인다면 그 관계는 오래 발전할 수 없다. 그와 반대로 나와 잘 맞지 않는 사람이라도 소통에 있어 항상 예의를 갖춘다면 더 단단한 사이가 될 수 있다.

예를 들어, "오늘도 일 끝나고 운동가?"라는 질문을 들었을 때 "내 하루는 항상 똑같은데 굳이 말해 줘야 알아?"라는 말을 하게 되면 상대는 하루 종일 기분이 안 좋은 시간을 보낼 것이다. 실제로 이렇게 말하는 사람들이 되게 많다. 그리고 일반적인 사람들의 대답은 "응! 운동 갔다 와야지."라는 답이 많을 것이다. 이 말을 들은 상대는 아무 생각이 없을 수도 있지만 지루하거나 심심한 대화를 하고 있다는 생각을 가질 수도 있다. 나는 이런 일상적인 질문을 듣게 되면 "운동 뭐 하는지 궁금하지? 운동가서 재밌는 영상 보내줄게." 또는 "오늘 운동하면서 같이 할 수 있는 운동 찾아서 다음번에 같이 가자."와 같은 대답을 한다.

이게 별것 아닌 대답이라고 생각할 수도 있지만 이렇게 대답함으로써 나는 운동을 하더라도 항상 상대를 생각한다는 마음과 언제든 내 일상을 너와 함께할 수 있다는 표현을 보여준다. 이처럼 조금씩 상대의 마음에서 생각하고 소통하다 보면 어느새 나와의 대화를 좋아하는 상대를 볼 수 있었다.

또, 다툼과 같은 다른 상황 속에서도 "너는 내가 매번 말해도 고쳐지지 않아. 너는 똑같은 사람이야."라는 말을 들었을 때 "네가 항상 그런 식이니깐 내가 이렇게 행동할 수밖에 없지. 너부터 고쳐야지."가 아닌 상대의 말에 대해 잘못을 인정하고 진심 어린 사과를 하게 된다면 그 싸움이 커질 일은 없다. 그렇다고 자존심을 내려놓으라는 말이 아니다. 잘못에 대한 사과는 연인관계에 있어서 배려다. 그리고 만약 그 배려를 이해하지 못하거나 무시하는 상대방을 만난다면 나는 그 관계를 이어가지 않을 것을 추천한다. 그 관계는 시한부 판정을 받은 사람과 같은 연애일 뿐이니.

언어에는 예의가 필요하다.
더 가깝고 깊은 관계일수록 더욱더 신경을 써야 한다. 평범하고 작은 대화의 일부이지만 이 작은 대화가 모여 하루를 만들고 그 사람과의 관계를 만든다. 그리고 관계가 쌓이면 신뢰가 된다. 그 신뢰가 모이다 보면 결국 사랑이 된다. 사랑의 시작은 언어다.

\# 말은 절대 주워 담을 수 없다.

지나간 시간과 후회

나의 10대는 즐거움이었다. 매일 최선을 다해서 신나게 즐겼고 그만큼 공부도 신나게 했다.

나의 20대는 최선과 노력이었다. 대학생 때도 쉬는 날 없이 매일 일을 했고, 전역 후 다음 날부터 바로 알바를 했고, 조기 취업해서 누구보다 빠르게 사회생활을 시작했다. 그리고 빠른 사업과 성과를 통해 성공한 인생이라고 생각했다.

그 후 남들보다 일찍, 급하게 시작한 만큼 나는 빠르게 무너졌다. 탄탄한 밑받침 없이 올라가기 위해 돌이 아닌 모래로 성을 쌓은 기분이었다.

나의 30대 초반은 후회였다. 나에게도 빛이 올 것 같았던 내 인생이 누구보다 열심히 살았다고 자신 있게 말할 수 있던 내 삶이 이제는 아무것도 없는 초라한 나를 보게 된 느낌이었다. 악재는 악재를 만든다고 내가 무너지니 주변 사람도 떠났고 믿었던 사람들도 등을 돌렸다.

그리고 생각했다. 그때 이 선택을 하지 않았더라면. 내가 만약 그런 생각을 하지 않았더라면. 과거에 대한 후회였다.

시간은 누구에게 평등하다고 하지만 노력에 관한 결과는 평범하지 않을 때가 있다. 그리고 열심히 노력한 일이 무너졌을 때 사람은 더 크게 무너지고 후회한다. 그렇게 무너진 나는 오랜 시간 동안 나를 비난하고 다그쳤다.

그러다가 더는 이러면 안 될 것 같아서 다시 일어나기 위해 노력했다. 가장 먼저 나를 가꾸고 생각의 변화를 줬다. 후회가 밀려올 때면 더 좋은 미래가 오기 위해 나를 성장시키는 과정이라고 생각했다. 기록하고 글을 쓰기 시작했다. 나를 위해서 시작한 일이었다.
과거의 나를 보면서 후회를 한 것처럼 1년, 3년, 5년, 10년 뒤 내가 지금의 나를 봤을 때 더 이상 후회하는 모습을 보여주기 싫었다. 마치 어린 아이가 어른을 봤을 때 존경할 수 있는 것처럼 미래의 내가 과거의 나를 봤을 때 최선을 다한 것에 대한 존경을 표했으면 좋겠다고 생각했다.

누구보다 빨리 결혼하고, 누구보다 빨리 가정을 이루고 싶은 사람에서 이제는 조금 늦더라도 누구보다 단단한 가정을 이루고 누구보다 안정된 삶과 존경받는 사람이 될 수 있도록.
오늘도 더 이상 후회하지 않는 내가 되기 위해.
조금 늦더라도 천천히 나아가는 중이다.

후회를 적게 남기는 삶이 가장 성공한 인생이래.

착한 사람, 예뻐해 주세요

"너는 정말 착한 것 같아."

착한 사람이라는 낙인. 어렸을 때부터 많이 듣던 단어 중 한 가지였다. 물론 오랫동안 알고 지내던 사람에게 듣는다면 그만큼 내가 신뢰가 있고 그 사람을 대하는 마음이 진심이라는 것을 느끼게 해준 것 같아서 좋은 말이기도 했다.

하지만, 연인 관계에서 헤어질 때 들었던 착하다는 말은 나를 더 이상 기분 좋게 만들지는 않았다. 착한 사람에 대해서 많은 생각을 했을 때 결국 들었던 생각은 '착한 사람 = 참는 사람'이었다.

슬프지만, 이 말이 정답인 것 같다. 참고 참다 보면 결국엔 참음의 한계치가 넘칠지도 모르지만 나 스스로 을의 관계를 만들어 가는 과정일 뿐이다.

많은 관계에 있어서 참는 사람을 가볍게 생각하지 않았으면 좋겠다. 작은 일부터 큰일까지 수많은 일을 당하고도 참는다는 것은 내가 다치는 것보다 당신이라는 사람과의 관계를 더 소중히 여기기에 참을 뿐. 착한 사람이라고 해서 감정이 없는 게 아니다.

너를 그만큼 생각해 주는 사람이니간.
똑같이 소중히 다뤄주고 고마워하는 마음을 가졌으면 좋겠다.

오늘도 참아줘서 고마워.

한결같은 존재

집에 들어오면 항상 나를 반기는 강아지처럼.
어떤 상황에서도 내 편이 되어주는 부모님처럼.
한결같이 나를 사랑해 주는 존재가 있다는 게.
무엇을 바라지 않고 오로지 나라는 사람을 위해주는 존재가 있다는 게.
오늘도 아무런 조건 없이 나를 사랑해 주는 많은 존재에게.

진심으로 감사하고 같은 사랑을 드리고 싶습니다.

오늘도 나를 아껴주셔서 감사합니다.
사랑합니다.

내 목숨 드릴만큼 사랑합니다.

적응할 수 없는 통증

사람은 외로움을 느끼는 존재다. 그리고 누군가 곁에 있어 줬으면 하는 마음을 항상 가지고 있다.

하지만 내가 원하는 마음과는 다르게 이별, 이혼, 사별 등으로 어쩔 수 없이 혼자 남게 되는 삶의 시기가 온다.

인생은 혼자다.

같이 있는 시간도 분명 존재하지만, 우리는 유한한 시간을 보내기에 나 혼자 살아가는 법을 알고 있어야 한다. 당장 내일이라도 혼자가 되었을 때 나 혼자 살아갈 수 있는 법.

우리는 언제든 혼자가 될 수 있다는 것을 항상 기억해야 한다. 아무런 준비 없이 갑작스러운 상실이 찾아올 때 무너지는 나 자신을 보기 싫다면 지금이라도 조금씩 나 혼자 살아가는 방법을 알아야 한다.

혼자서 살아가는 방법의 정답은 없지만 심적으로 나 스스로에게 위로하는 방법을 알았으면 좋겠다. 그게 취미가 될 수도 있고 반려동물이 될 수도 있다.

뭐라도 준비하자.
상실의 통증은 내가 상상한 것 이상으로 나를 힘들게 할 테니.

#상실의 통증은 표현할 수 없는 고통이다.

술 마실래?

　나는 술을 못한다. 대학생 때는 친구들과 어울리며 노는 분위기가 재밌어서 마셨지만 20대 중반부터 갑자기 찾아온 공황장애로 술을 먹지 못했다.

　술을 전혀 먹지 않는 나로서는 술을 매일 먹는 지인이나 친구를 이해하지 못했다. 술을 먹지 않아도 즐거운 일이 정말 많았으니깐. 그러다 공황장애가 어느 정도 잔잔해지고 힘든 이별을 겹쳤을 때 친형이 줬던 맥주 한 잔. 이거 먹어서 안 죽는다고 줬던 그 한 잔으로 왜 사람이 술을 먹는지 처음으로 알게 되었다.

　단순히 마신다는 느낌이 아니라 쌓인 감정을 녹여 주는 것 같았던 그 술은 참았던 감정을 뚫리게 해준 원동력이 되었다. 그 이후로 자주는 아니지만 가끔 한 번씩 나는 술을 마신다. 누구는 술을 취하기 위해 먹는 것이라고 한다. 하지만 나는 술을 먹었을 때 느끼지 못했던 감정이 존재한다고 생각한다.

　술을 먹고 나서 그 사람의 진짜 성격이 나온다는 말이 있다. 나는 평소

감정이 없는 사람 같다는 말을 많이 들었었다. 하지만, 술을 먹고 조금이나마 나의 내면에 있던 감성을 느끼고 말로 표현할 수 있다면 이제는 술을 보는 관점이 조금은 달라질 것 같다.

너는 먹을 만큼 마셔. 나는 캔 맥주 하나면 충분해.

외로움의 짐

나는 내가 겪은 공황장애를 기반으로 극복하는 방법을 상담해 주고 있다. 그리고 상담은 무료로, 정성으로 진행한다. 사람들이 나와 상담하다가 똑같이 하는 질문이 있다.

"왜 무료로 이렇게까지 상담을 해주세요?"

왜일까. 처음, 이 질문을 들었을 때는 '내가 이 일을 왜 하고 있지'라는 생각을 하게 됐다. 그리고 천천히 하나씩 기억을 되돌려보니 내가 공황장애가 가장 심하고 힘들었을 때 내 이야기를 들어주는 친구 한 명이 없었다. 가족도 친구도 한두 번, 처음에는 듣지만 매일 힘들다는 얘기를 수없이 듣게 되면 누구든 그 이야기를 질려 한다. 아마 내가 듣는 입장이었어도 기운이 빠지고 힘들어했을 것이다.

공황장애를 혼자 이겨내며 들었던 생각은 몸이 아픈 것보다 이 고통에 대한 외로움이 나를 더욱 그 아픔에서 벗어나지 못하게 만들었다는 것이다. 그리고 내가 이 질병을 극복하면 나처럼 힘든 사람들에게 조금이나

마 힘이 되어 주리라고 다짐했다.

   공황장애 상담을 해주는 일은 쉽진 않다. 하루하루가 고통인 사람들의 이야기를 들어준다는 것은 큰 심리적 불안을 만들어준다. 하지만, 이분들이 나아지고 하는 말 중 어떤 분은 의사보다 나를 믿는다고 하셨고 또 누군가는 귀인을 만나서 행복했다고 했다.

   나는 단지 그분들의 이야기를 듣고 나와 비슷한 상황이면 해결책을 드리고 위로를 해주었을 뿐인데 나는 그분들에게 엄청난 사람이 되어 있었다. 그러면서 나도 '내가 정말 힘들 때 나와 같은 사람을 만났다면 조금이나마 이 병을 빨리 극복하진 않았을까?'라는 생각을 한다.
   나는 이제는 왜 아무 조건 없이 상담을 해주냐는 질문에 자신 있게 답변한다.

"외로움의 짐을 조금이라도 덜어드리기 위해서입니다."

\# 마음의 병은 외로움에서 시작하더라.

설득의 한계점

사람은 살아온 환경이 전부 다르다. 누군가는 당연하다고 느끼는 것이 누군가는 당연하지 않을 수 있다.

그렇기에 설득에서도 나는 분명 옳은 말을 전달한다고 생각한 말이, 듣는 사람으로선 아닐 수 있다. 대화에 있어서 설득하고 나의 현명함을 전달하고 싶다면 설득과 강요가 아닌 이해 쉬운 말과 감정이 담겨 있는 언어를 전달해야 한다.

설득을 원해서 말하는 것보다 내 말의 의도, 그리고 진심 어린 감정을 전달할 줄 아는 사람이라면 원하는 걸 이룰 가능성이 더욱 커진다.

설득은 문장의 의도가 과해질수록 협박으로 변질이 될 수도 있다. 그러니 내가 원하는 말을 하고 나서도 상대방이 아무런 반응이 없거나 부정적인 감정이 있다면 더는 설득하지 말자.

아무리 좋은 방법이어도 상대방이 그렇게 생각하지 않는다면 그저 틀린 관점으로밖에 생각하질 않는다. 차라리 시간의 공백기를 가진 후 비슷하지만, 다른 말로 전달할 방법을 생각하자. 그리고 진심의 말이 담겨 있다면 언젠가 긍정적인 답안을 줄 것이다.

너의 말이 틀린 게 아니야. 생각이 다를 뿐이지.

사랑해서 변하지 않습니다

어릴 적 가족끼리 떠난 바다 여행 중 아버지가 언제나 하시던 말씀이 있었다.

"저 바다를 계속 쳐다보고 있어 봐. 저기 한가운데 검은색 큰 거 보이지? 저게 고래야."

어렸던 형과 나를 즐겁게 해주던 아빠의 장난. 그리고 그런 장난을 치는 아빠의 뒷모습은 누구보다 컸었다. 단지 키나 몸이 큰 것보다 사람 자체가 너무나도 커 보였다. 그만큼 아빠를 향한 내 생각이 누구보다 존경스럽고 믿었다는 말이기도 하다.

그리고 시간이 지나서 어느 날.
밥을 안 먹은 나를 위해 밥을 해주신다는 아버지의 뒷모습을 보았다. 너무 작더라. 어느 순간 나와 비슷해지고 이제는 나보다 작아지신 우리 아버지.
이렇게 작아지다가 사라지진 않을지 슬퍼한 적도 있지만 지금 내 옆에

계신 이 시간만큼은 너무 잘해드린다는 생각보단 한결같은 아들이 되기 위해 노력한다. 일반적인 어머니처럼 잔소리하는 아버지에게 변하지 않는 아들이 되려고 나는 오늘도 화장실 문을 일부러 열어 놓기도 하고 빨래통에 빨래를 살짝 걸쳐서 두기도 한다. 그래야 아버지는 나에게 잔소리하고 한마디라도 더 나눌 수 있으니깐.

어릴 적엔 듣기 싫던 이 잔소리가 이제는 한마디라도 더 듣고 싶은 마음일 뿐이다. 잔소리는 이제 아버지와 나를 이어주는 대화의 시작점이기도 하니깐.
변하지 않으려고 한다.
집에서만큼은 어릴 때 모습 그대로 나를 보이려고 한다.

그게 아빠가 보는 나의 모습이니깐.

\# 아버지. 사랑합니다.

잘못 낀 단추

내겐 잘못 낀 단추가 많았다. 처음 만났을 때 분명 아닌 것 같으면서도 호기심에 이어간 인연부터. 주변에서 아니라고 해도 "나만 좋으면 되지."라는 마음으로 시작했던 인간관계들.

첫 단추가 잘못된 걸 알면서도 다시 풀 생각을 왜 못했을까? 꼭 끝까지 가고 상처를 남기고 나서야 그 단추들을 풀기 시작했다. 나의 욕심이었던 건지 아니면 작은 바람이었는지. 잘못 낀 걸 알면서도 이번엔 아닐 거라는 생각으로 시작했던 일들.

이제는 그만하려고 한다. 더 이상 힘든 걸 알면서도 굳이 힘든 길을 찾아가진 않으려고 한다. 그래서 아무리 좋은 인연이나 일이 있어도 조금이라도 걸리는 게 있다면 속상하지만 풀어내는 연습을 하는 중이다. 이제는 잘못 낀 단추가 아닌 시작부터 단추를 제대로 채우기를 원해서.

나와 맞는 첫 단추를 찾는다는 건 분명 확률적으로도 적다는 것을 알고 있지만 찾고 찾다 보면 나에게 꼭 맞는 단추를 찾게 될 것이다. 그리

고 그 단추를 찾는 날에는 두 번째, 세 번째 단춧구멍도 천천히 맞춰가며
나에게 딱 맞는 옷을 만들어 주겠지.

#♪릴러말즈(Leellamarz) - <단추>

감정의 메이크업

나의 성격유형은 'ENTP'다.

성격유형 검사가 유행하기 전부터 한결같이 나는 같은 결과가 나왔다. 사고형과 감정형의 결과에선 사고형이 90%가 넘게 나올 정도로 나는 현실적이었다. 성격유형 검사와 감정은 별개일 수도 있지만 영화관에서 슬픈 영화를 봐도 울어본 경험이 없고 영화를 보며 울고 있는 사람을 보면 이해하지 못했다. 이별하는 순간에는 상대방이 울더라도 그 감정에 동요된 적이 단 한 번도 없었다.

사실 나는 에세이라는 분야를 극도로 싫어했었다. 감정이라는 단어에 빠져 있는 시간이 싫었다. 차라리 그 책을 볼 시간에 다른 부업을 통해 돈을 조금이라도 벌 수 있을지에 대한 방법을 고민했었다.

그랬던 내가 이제는 마음의 상처를 알게 되었고,
그랬던 내가 이제는 심리 상담을 해주고 있고,
그랬던 내가 이제는 글을 쓰고 있다.

책을 쓰는 도중 오랜만에 한 친구와 연락한 적이 있었다. 성격이 바뀐 것 같다는 말에 다시 해본 성격유형 검사에선 감정형이 나왔다. 하지만 그리 놀랍지도 않았다. 그저 당연한 결과라고 생각했을 뿐.

사람은 누구나 감정이 있다.
항상 로봇 같다고 주위에서 말하던 나에게도 숨겨진 감정이 드러난 것처럼. 감정을 회피하고 숨기며 쓸모없는 고민이라 생각하는 사람이 있을 뿐이다.

많은 사람들이 감정을 화장하듯이 칠하고 숨기며 살고 있다. 칭찬이 필요한 순간을 당연히 여기고, 위로가 필요한 순간에는 질타하고, 인정이 필요한 순간에는 부정하는 숨 막히는 지금. 이 사회가 우리의 감정을 숨겨야 살 수 있다고 말하며 변하게 만든 건 아닐까?

차가운 겨울에 다시 봄이 찾아오는 것처럼.
어렸을 때 느꼈던 사람들의 따뜻한 감정을 다시금 느낄 수 있게. 조금만 따뜻해졌으면 좋겠다.

내 꿈은 감정전도사.

툭 던진 말이 가장 위험하다

가끔 동반자 또는 애인을 자신의 소유물로 생각하는 사람들이 있다. 모든 일정을 보고하게끔 하고 모든 일에 간섭한다. 또, 말하는 부분이 자신과 맞지 않는다면 그건 틀리다고 생각하기도 한다.

사람은 하나의 인격체이다. 친하면 친할수록 조심해야 하는 게 바로 사람이다. 툭 던진 말로 큰 상처를 줄 수 있고 아무 일 아니라는 자신의 작은 행동에 그동안 쌓아왔던 모든 신뢰를 잃어버릴 수 있다.

이 행동을 실제로 지킬 수 있는 사람은 많지 않은 것 같다. 나조차도 돌이켜 생각해 보면 그동안 만났던 사람들에게 강요는 하지 않았지만 나에게 맞지 않는 조건이나 행동을 하면 서운한 말을 툭 하고 던질 때가 많았다. 그 하나의 단어를 던진 행동으로도 상대방은 서운함을 느꼈을 것이다.

익숙해질수록 편해지고 편해질수록 쉽게 생각하는 게 사람이다. 남자가 여자를 처음 만나며 노력하는 모습의 반이라도 유지를 한다면 그 연애 관계는 끝나지 않을 것이라는 말이 괜히 있는 게 아니다. 남자는 처

음 만나는 사람에게 시작부터 반년까지, 여자는 만남이 이어진 3개월 이후부터 천천히 진실된 마음을 전달해 주기 시작하는 것 같다.

물론, 모든 사람이 그렇다는 건 아니지만 대부분의 사람이 하는 연애 방식이다. 아마 모든 사람이 정말 마음에 드는 사람에게 만남부터 현재까지 잘해줬다면 이별이라는 단어는 존재하지 않았을 것이다.

사람은 소유물이 아니다. 내가 지금 만나는 이에게 진심을 전하지 못한다는 생각이 들면 처음 만났을 때를 곰곰이 되짚어보자.

오늘도 사랑에 최선을 다하는 당신을 응원한다.

\# 그 말. 하기 전에 생각해 봤어?

4부
여름. 성장에 꼭 필요한 감정인 아픔

\# 오늘이 평범해서 무엇보다 소중했다.

\# 나라는 사람이 가장 나다워질 때 그게 행복이다.

\# 필요하다면 내가 곁에 있어 줄게.

봄과 함께 아픔이 멈춘 줄 알았습니다.

하지만, 모든 성장에는 아픔이 필요하듯
감정이 자라나는 과정에도 행복한 일만 있을 순 없습니다.

그래도 이제는 전만큼 두렵지는 않습니다.
이 아픔마저 사랑해 보려고 합니다.
그리고 있는 그대로 받아들여 봅니다.

위로가 필요하다면 말해줘

힘들지?

괜찮아. 숨기지 말고, 펑펑 울어도 돼.
내 감정을 속이지 말고, 지금, 이 감정 다 받아들이자.
너는 진심이고 최선을 다했으니깐.

하루, 일주일, 한 달, 석 달 아파도 좋으니까.
죄책감 느끼고 나를 탓하는 행동만 하지 말자.

분명 너는 이겨낼 거야.
강한 사람이니깐.

필요하다면 내가 곁에 있어 줄게.

이별의 아픔은 당연하다

매달리는 것.
너의 자존심과 모든 걸 내려놓고 그 사람에게 애원하는 것.

내가 한심하고 초라해 보일 수 있지만, 그 매달림이 진심이고 그 사람을 사랑했다는 증거야. 매달릴 만큼 힘들다는 건 그 사람이 혼자 정리하고 이별을 말했다는 뜻이겠지.

매달려도 돼. 그 사람이 받는 스트레스도 너와 만남에 대한 책임이야. 이거라도 해야 나중에 후회 안 하지.

가끔 'SNS'에 나오는 재회 관련 동영상을 보면 매달리면 상대는 "역시 애는 이럴 줄 알았어. 내 선택이 잘한 거야."라는 생각과 이별에 대한 확고함을 얻는다며 매달리지 말라고 하지만, 당장 매달리지 않으면 네가 너무 힘들잖아. 나부터 살고 봐야지.

그니깐 매달려. 그 사람이 널 증오해도 괜찮으니까. 당장 내가 중요하니깐. 매달리자.

그 사람이 이기적인 선택을 한 것만큼. 너도 이기적으로 너의 감정을 다 표출하자.

대신 무너지지만 말자. 하루, 이틀, 일주일 할 만큼 다 해보고. 안 된다는 것을 깨달았다고 무너지지 말자.

너는 가치 있는 사람이고.
언제든 너의 인연이 찾아올 수 있으니깐.
다음에 오는 인연이 이 아픔을 안아줄 거야.

언젠가 그 사람도 알게 될 거야. 네가 좋은 사람이었다는 걸.

내가 좋아하는 것을 안다는 축복

"쉬는 날 혼자 하는 취미가 있어요?"

직장 선배랑 대화하다가 들었던 질문. 나는 이 질문에 답하지 못했어. 아니, 얼버무렸다가 정확한 표현인 것 같아.

"저는 드라이브도 가고 카페도 가고 음악도 듣고 영화도….."

취미가 뭐냐는 질문에 대한 답이 이렇게 어려운 거라니. 그 후로 많은 생각을 했어. 내가 정말 좋아하는 게 뭘까? 노래 듣기, 예쁜 카페 가기, 운동하기, 영화 보기, 유튜브 보기, 드라이브 가기. 대부분의 사람이 이런 말을 하지 않을까 싶어.

물론, 이런 취미가 나쁘다는 것은 아니지만 나는 남들과는 조금 다른 특별한 취미를 갖고 싶었지. 그렇게 다양한 경험을 하고 나서 결국 가지게 된 취미는 글쓰기였어.

글을 쓰면 불안한 마음이 어느 정도 정리가 돼. 처음에는 글 쓰는 것 자체에 거부감도 들고, 글을 쓰기 위해선 다양한 경험이 필요하다고 생각했어. 나는 매일 같은 하루를 보내는 느낌이라 '똑같은 일상에서 글을 잘 쓸 수 있을까?'라는 생각도 했지만, 꾸준히 하고 감정을 느껴보니 똑같은 일상에서도 조금씩 시선이 다르게 느껴지더라.

처음엔 달력에 하루 있었던 일을 간단하게 적고, 다음엔 일기를 매일 쓰고. 이것도 되니 문장을 만들고 나의 이야기를 만들 수 있는 것 같아.

취미를 특기로 갖는다는 것.
생각이 아닌 노력으로 바꿔나가는 것.
이런 변화가 내 삶의 질과 자신감을 높여 줘.
이젠 그때의 같은 질문에도 자신 있게 말할 수 있어.

"저는 글을 쓰는 게 취미에요."

조건 없이 한다는 것. 그게 취미다.

이제는 그래도 나름 즐겁더라

쉬는 날 뭐해?

나는 지금까지 쉬는 날엔 연인을 만났어. 데이트하면서 예쁜 카페도 가고 놀이동산에 가서 즐겁게 놀기도 하고 많은 것을 함께 공유하고 즐거운 주말을 보냈었지.

근데 혼자가 되니 쉬는 날이 너무 어색했어. 나 혼자 무엇을 해야 할지도 모르겠고, 같이 하던 일을 혼자 해보려고 하니 외로운 기분이 들더라고. 가끔은 나 혼자선 할 수 있는 게 많지 않다고 느껴졌어. 아마 이런 감정이 새로운 사람을 계속 찾게 되는 이유를 주기도 하더라고. 나 혼자 한다는 게 너무 심심하잖아. 그래서 쉬는 날엔 집에 있는 날이 점점 많아졌어.

그러다 어느 날. 이렇게 쉬는 날을 의미 없게 보낸다는 게 아깝다는 생각이 들더라. 그때부터였나? 이제는 누군가와 같이하는 게 아닌 나 혼자서 돌아다니기 시작했어.

혼자 밥을 먹고. 혼자 카페도 가고. 혼자 쇼핑도 하다가 이제는 여행까지 혼자서 다니기도 해. 의외로 외롭다는 생각보단 재밌더라. 누군가와 같이하던 행동을 오로지 나를 위한 행동으로 변화하고 즐긴다는 게 새롭게 느껴지기도 했어.

　내가 가장 좋아하는 음식을 먹고, 내가 봤을 때 가장 마음에 드는 카페를 가고, 내가 가장 좋아하는 옷도 마음껏 고르고 하다 보면 어느 순간 혼자서 하는 것도 재미가 느껴지기도 해.
　무언가를 혼자 해본 적이 없다면 약속이 없는 쉬는 날은 알차게 혼자 보내봐. 처음에는 어색할 거야. 그래도 한 번 해봐.

　오로지 나를 위한다는 행동이 은근히 기분 좋다니깐.

　# 이성에게 마음을 전달하는 것처럼 나에게 해봐.

나를 사랑하는 말

아름답다는 뜻을 알고 있어?

나는 이 말이 정말 예쁜 사람들이나 화면 속 연예인들을 보고 하는 말인 줄만 알았어. 하지만 아름답다는 말의 진짜 뜻은

'아름=나'
라고 하더라.

나답다는 말.

어떻게 보면 세상에서 나를 표현하는 기본적인 말 중 하나이지만 이말을 이렇게 예쁜 말로 표현했는지 너무 신기했어. 나는 이 말의 뜻을 알고 나서부터는 다른 사람이 아닌 나에게 말해주는 내가 되었어. 그리고이 말을 너도 스스로 매일 말해주는 사람이 되었으면 해.

오늘부터 하루 한 번씩 나에게 말해주자.

"나는 오늘도 정말 아름다워."

\# 나라는 사람이 가장 나다워질 때 그게 행복이다.

소중함 속 유통기한

살면서 나에겐 그 어떤 것을 줘도 바꿀 수 없는 소중한 것이 여럿 있었어. 어린 시절 속상할 때 나를 곁에서 지켜줬던 애착 인형. 잠들기 전 끌어안고 잤던 사람 크기의 베개. 그리고 돈으로는 바꿀 수 없던 소중한 사람들.

하지만 속상하게도 오랫동안 나와 함께했던 인형은 결국 낡아서 조금씩 그 모양을 잃었고, 사람 크기의 베개는 시간이라는 무게를 견디지 못하고 변질했고, 소중한 사람들은 내 곁에서 멀어지거나 세상을 떠나갔어.

소중한 것은 유통기한이 존재하는 것 같아.

내가 원하는 마음이 더욱 커질수록 그 유통기한은 짧아지는 것 같아. 올해도 내 곁에 있을 거로 생각하던 사람들은 올해를 버티지 못했고 평생을 함께할 거로 생각했던 사람은 내 곁을 떠나더라.

소중한 것을 잃었을 때 느끼는 상실감은 말로 표현할 수 없어. 하지만 소중한 것은 언젠가 내 곁을 떠날 것을 알기에. 이제는 소중한 것이 생긴다면 최선을 다하기도 해. 언제 떠날지 모르는 게 소중한 것이니깐.

내 곁에 있는 가족에겐 한 번이라도 얼굴을 더 보러 가고, 만나는 연인이 있을 땐 내일이 끝일 거라는 생각으로 최선을 다해.

그래야 나중에 소중한 것이 떠나갈 때 후회를 조금이라도 적게 하는 것 같아.

지금 내가 가지고 있는 소중함이 떠나고 아픔을 견딜 수 없을 것 같다는 생각이 든다면 최선을 다해주자.

유통기한이 있으니 소중한 거야. 그러니 시간을 너무 미워하진 마.

이겨내지 말고, 흘려보내 봐

상실, 이별, 아픔 등 슬픈 감정을 느꼈을 때 나는 이 감정을 이겨내기 위해서 노력했었어. 운동하고, 밥도 일부러 더 먹고, 평소보다 바쁜 일상을 보내며 열심히 살아보기도 했지만 그럴수록 슬픈 감정의 크기는 오히려 커지기만 하더라.

이겨낸다는 말에 집중하다 보면 무너지는 날이 분명히 오고, 아무리 강한 사람이어도 이겨내기 위한 노력에는 한계가 존재하는 것 같아.
그래서 이젠 이겨내지 않으려고 해. 이겨낸다는 말은 아픔에 대한 감정을 비치는 단어로는 적절치 못해.

이겨내는 것이 아니라 그저 버티는 거야.

슬픈 감정이 다가올 때는 이 감정을 이겨내려 하지 말고 전부 받아들이고 충분히 아파해야 그 감정이 조금이나마 빨리 치유되는 것 같더라. 마치 독감에 걸리면 심하게 아프면서도 빨리 낫는 것처럼 몸과 마음의 통증은 비슷한 느낌을 주기도 해.

그러니 이겨내지 말고, 받아들이고 버텨보기도 해봐. 최선을 다해서 아파보고 하루라도 더 빨리 상처를 회복할 수 있는 사람이 되는 거야. 사람의 감정도 경험을 통해 성장을 하더라. 지금 이 아픔이 언젠가 나에게 도움이 되는 날이 온다고 생각했으면 좋겠어.

너는 누구보다 강한 사람이니깐.

억지로 하는 것엔 한계가 존재한다.

더 힘든 날이 올 수도 있습니다

누구에게나 힘든 시기가 찾아와.

나도 그런 시기가 있었는데 내가 다니던 회사가 힘들어지더니 하루아침에 실직자가 된 적이 있었어. 모아 놓았던 돈도 생각하지 못한 사건으로 전부 소진되고 삶에 대한 의욕이 없어질 때가 있었어. 나는 그 상황이 내 인생에 삼재라고 느낄 만큼 안 좋은 일이 지속적으로 나타났어. 그 상황을 지나 보내며 이것보다 더 힘든 일은 없을 거라고 확신했어. 그리고 앞으론 좋은 일만 내 인생에 남았다고 생각했었지.

하지만, 사람의 밑바닥이라는 건 끝이 없다는 것을 알게 되었어.

그 상황보다 더욱 힘든 시련이 나에게 찾아올 것이라곤 생각하지 못했지. 작년은 내 삶에 있어서 최악 중의 최악의 한 해를 보냈고. 종교를 믿지 않던 내가 지푸라기라도 잡고 싶은 심정으로 많은 신에게 기도를 해 본 적도 있었어.

그리고 알게 된 것 같아.

앞으로 내 삶이 어떻게 될진 모르지만 분명 이번 일보다 더욱 밑바닥을 경험하는 날이 존재하리라는 것을. 내가 지금 느끼는 이 시련이 나의 밑바닥이라고 생각한다면 그건 정말 큰 오해더라. 나는 언제든 그때보다 더욱 밑으로 떨어질 수도 있고 그 밑바닥에서 포기하지 않는 사람이 될 수 있도록 항상 준비해야 해. 밑바닥을 경험한다는 것은 그 상황 속에선 죽고 싶을 만큼 힘들 수도 있지만 시간이 지난 후 돌이켜보면 그 경험으로 성장한 나를 발견할 수 있을 거야. 이런 시련을 준다는 것 자체도 결국 나를 더욱 힘든 감정으로부터 이겨낼 수 있게 해주는 훈련이니깐.

포기하지 말자.
그저 지금 내가 주어진 이 자리에서 최선을 다하고 힘내보자.
지금도 꿋꿋하게 자신의 자리에서 최선을 다하는 모든 이들아.
오늘이 쓸쓸해도 조금은 웃을 수 있는 그런 하루를 보내자.

그래도 그만큼 더욱 행복한 날도 올 거야.

돈이 보여주는 감정

"저는 얼마 이상을 벌어요."

여러 사람들을 만나다 보면 가끔 자신의 재력과 능력을 과시하는 사람들을 만나기도 해. 솔직히 말하면 나는 그분들이 버는 돈에는 크게 관심이 없어. 애초에 나라는 사람은 먹고살 정도가 된다면 돈에 크게 욕심을 가지지 않기 때문에.

대신 그런 분들을 마주하면 궁금한 점이 하나는 생기더라. 그렇게 버는 돈을 얼마만큼 자신의 사람에게 쓸 수 있는지가 나의 최대 관심사이기도 해.

내가 벌었던 돈 중 가장 의미 있게 사용한 건 첫 회사에 들어가서 첫 월급으로 가족에게 저녁 식사를 대접했을 때, 아버지에게 용돈을 드릴 때. 그리고 나의 돈으로 내 사람들이 행복을 누릴 때. 그 기분은 단어로 표현할 수 없어. 굳이 하자면 말할 수 없는 행복이랄까?

그렇게 살다 보니 돈의 여유가 없을 때도 내 사람이라고 생각하는 사람에겐 아낌없이 주는 나무가 되는 습관이 있어. 내 사람이 돈을 빌려달라고 할 때는 애초에 돈을 받지 못한다는 마음으로 빌려주기도 했어. 돈을 갚는 날짜를 정하면 오히려 그 시기가 다가올수록 내가 스트레스 받더라고.

그래도 그런 마음으로 빌려주는 사람들은 대부분 오랜 시간이 걸리더라도 자신이 먼저 이야기하고 갚는 사람들이었어. 돈을 빌려준 건 나였지만 내 믿음이 옳았다는 걸 알려준 감사한 사람들이었지. 애초에 내 사람에겐 돈의 가치를 따지진 않기도 하지만, 그저 그 사람들과의 관계가 더욱 소중했으니깐.

하지만, 가끔은 이런 사람도 있더라. 내가 만났던 사람 중 스스로 돈을 잘 번다고 이야기했던 사람과 저녁 식사를 한 적이 있었어. 식사를 마친 후 계산대 앞으로 가니 뒤로 한걸음 빠져 있는 행동을 취하더라고. 그 후엔 커피든 뭐든 돈을 내지 않으려는 행동을 보여줬어.

솔직히 그런 사람들을 보면 별로긴 해. 대체 돈을 잘 번다는 이야기는 왜 하는 건지. 그리고 제발 그런 사람이라면 나한테는 돈을 안 써도 되니깐 집에서만큼은 아낌없는 나무가 되었으면 하는 바람이야.

돈을 잘 버는 것도 능력이지만 돈을 얼마나 가치 있게 쓰냐가 더욱 중요하다고 생각해. 같은 돈이어도 누구의 손에 있는지에 따라 그 가치는 무궁무진하니깐. 돈은 살아가는 데 있어서 꼭 필요한 재화이지만 어떻게 활용하는지에 따라 사람의 마음을 움직이기도 해.

그게 돈이야.

돈이 많은 재벌보단 마음의 재벌이 더 좋더라.

말없이 가족이 사랑하는 법

나의 아버지는 잔소리꾼이야. 아침에 일어나서부터 자기 전까지 잔소리를 쉬지 않으셔. 예전에는 그 잔소리를 싫어했지만, 이제는 웃으며 장난스럽게 넘어가기도 해. 그 잔소리가 사랑에서 나오는 말이라는 걸 이제는 깨달았으니깐.

우리 집은 3명의 남자가 지내는 중이야. 물론, 어머니와 여동생도 있지만 따로 살던 세월이 짧지 않다 보니 이제는 편하게 여자끼리, 남자끼리 살고 있어. 그러다 보니 아버지가 어머니의 역할까지 많은 걸 해주셔. 음식도 잘하시는 아버지 덕분에 맛있는 밥도 매일 먹어.

그래서일까? 우리 집엔 규칙이 있어. 무언갈 사서 집에 올 때는 꼭 3개씩 사야 해. 1개만 사서 집에 갔다가 아버지가 본다면 혼을 내시기도 해. 과자를 사도, 디저트를 사도, 심지어 포장 음식을 사더라도 무조건 3개를 사. 아버지는 단 걸 싫어하셔서 과자나 디저트는 드시지 않지만, 그래도 나는 항상 무언갈 살 때는 꼭 3개씩 사서 들어가. 3개를 산다는 건 단순히 먹는 것이라는 의미를 떠나서 가족을 한 번 더 생각하고 나눌 줄 아는 마음을 가지라는 아버지의 사랑이 담겨 있는 말이라는 걸 이제는 아니깐.

그건 아버지도 착실하게 지켜주시는 행동이야. 거리에 보이는 붕어빵을 사 오셔도 꼭 3봉지를 사 오셔. 술을 드시더라도 이렇게 사 오시는 아버지를 보면 가끔은 걱정도 되지만 한 편으로는 웃기기도 하고 기분이 너무 좋아져. 왜냐하면 저 붕어빵에 느껴지는 나의 감정은 단순히 디저트가 아닌 가족을 위한 사랑이라는 걸 누구보다 잘 알고 있으니깐.

오늘도 3개 사서 들어간다.
그게 우리 집의 사랑이다.

\# 무슨 방법으로 가족에게 사랑을 표현해?

오늘도 지나가는 소중함

소중함이 뭘까?

살면서 스스로 소중한 것에 대해 진중하게 생각해 보는 사람이 얼마나 있을까?

소중함의 무게는 깊이 생각하지 않는 이상 가볍다고 생각할 수 있다.

아침에 일어날 때 알람 소리보다 먼저였던 부모님의 잔소리, 학창 시절 점심시간에 왁자지껄 떠들던 친구들의 웃음소리, 저녁에 집으로 향하는 발걸음 사이에 무의식적으로 보던 태양이 지는 하늘까지. 누구나 자연스럽게 겪었던 일이 돌이켜 보면 소중한 하루였다는 걸. 왜 이렇게 늦게 깨달았던 걸까?

돈의 가치. 시간의 가치. 건강의 가치.

모든 것이 중요하지만 임종을 앞둔 환자들의 마지막 말이 집에 가고 싶다는 것처럼. 나를 편안하게 하고 스트레스를 주지 않는 하루 자체가 소중한 것이었다는 걸. 그만큼 우리가 평범한 하루를 매일 보낸다는 것 자체가 우리에겐 소중한 하루가 지속되고 있다는 것을. 그리고 그 삶에 감사를 느끼며 행복한 하루가 매일 이뤄지고 있다는 걸 알았으면 좋겠다.

결국 소중함이라는 건 평범한 하루를 의미하니깐.

#오늘이 평범해서 무엇보다 소중했다.

인연은 반드시 온다

"나 너랑 헤어지면 정말 죽을 것 같아.", "다시는 너 같은 사람 못 만날 것 같아.", "세상에 반은 여자고 반은 남자지만 너는 한 명이잖아."

모든 자존심을 놓고 이별을 통보받는 사람이 가장 많이 하는 말. 그 상황에서는 나올 수밖에 없는 말. 지금 나에게 다가온 현실을 부정하고 싶은 마음을 꺼내는 말.

이별을 하고 사람은 공허함과 외로움을 느껴. 그리고 그 감정들은 사람을 무너뜨리고 힘들게 하지.

하지만, 지금 너를 버린 사람을 잊고 다른 사람을 만나는 건 생각보다 오랜 시간이 걸리진 않을 거야. 그리고 네가 스스로 이 이별을 받아들이지 못한다면 아마 평생 힘들 수도 있어. 감정이 앞서고 힘들다는 걸 알지만, 그 사람 인생 아니고 너의 인생이잖아. 나한테 보이는 내 인생은 누구보다 찬란하고 행복해야지.

그러니 나를 버린 사람과 다가온 이별을 받아들이고, 천천히 극복하다 보면 언젠가 좋은 사람이 나타나서 지금껏 느꼈던 이 힘듦을 감싸 안아 줄 거야. 힘듦은 이 사람을 만나기 위한 시련이었다는 걸 증명하듯 너를 위로해 줄 거야.

좋은 사람은 반드시 온다.
너는 스스로 그만큼 사랑받기에 충분한 사람이라는 걸 알고 있으니깐.

너무 오랫동안 아프지는 말자.

가끔, 아픔이 알려줄 때

정말 나쁜 사람을 만난 적이 있었습니다.

표현도 하지 않고 이 연애에 감정이 있는지도 모르겠고 언제나 나를 기다리게 했던, 헤어지는 마지막까지도 그 사람에겐 배려라는 단어가 보이질 않았습니다. 하지만 왜인지 누구보다 좋아했기에 누구보다 아파했고 아직도 어렴풋이 기억나곤 합니다.

그런 사람을 왜 만났는지 두고두고 후회했지만 이후 다른 사람들과 이야기하고 나서야 그 이유를 알았습니다.

"왜 이렇게 착해졌어?", "왜 이렇게 말을 예쁘게 해?"라는 사람들의 말에 이제는 조금이나마 알 것 같습니다. 아마 그 사람을 만나며 나도 모르는 배려라는 습관이 생겼나 봅니다.

하늘에서 보냈었나 봅니다.
나에게 배려라는 단어를 알려주려고.

\# 너는 아마 타락 천사였나보다.

하루를 살아가게 해주는 말들

힘내. 내가 응원할게. 오늘은 꼭 행복해지자. 울지 마, 네가 뭘 잘못했다고. 같이 있어 줄게. 아프지? 고생했어. 고마워. 잘 잤어? 보고 싶다. 멋지다! 덕분에 행복해. 걱정 마! 잘될 거야. 맞아. 함께 있으면 행복해. 그럴 수 있어. 다시 해보자. 괜찮아. 오늘도 수고했어. 꽃길만 걷자. 같이 걸을래? 하고 싶은 대로 살자. 너는 소중한 사람이야. 잘될 거야. 그동안 잘했잖아. 토닥토닥. 그렇게 하면 되는 거야. 예쁘다. 잘생겼다. 귀여워. 정말 착하다. 내가 있잖아. 항상 곁에 있을게. 얼른 와. 같이 밥 먹자! 잘 자. 그리고 *사랑해.*

\# 너랑 밥 먹을 때가 가장 행복해.

당첨을 축하합니다

서민의 꿈. 로또.

일주일의 부적 같은 느낌으로 매주 월요일 아침마다 로또를 오천 원씩 산다. 당첨에 대한 큰 기대는 없다. 그저, 당첨이 되면 좋은 것이고 되지 않는다면 오천 원의 기부라고 생각하며 로또를 좋게 본다.

가끔 보는 내 사주에서도 나는 큰돈이 갑자기 들어오는 일은 절대 없다고 한다. 그렇기에 더욱 로또에 대한 마음가짐이 한결 더 가벼운 편이랄까? 하지만, 이런 나에게도 처음으로 큰돈이 당첨되었다.

매주 월요일 아침에 로또를 사서 매달 끝나는 마지막 금요일 밤에 로또를 맞춘다. 그렇다 보니 적게는 4장, 많게는 5장의 로또를 한 번에 맞추는 편이다. 금요일 저녁, 하루를 끝내고 로또를 맞추고 있었는데 마지막 장에 숫자가 계속 맞기 시작했다. 결과는 3등이었다.

너무 신기했다. 6개의 번호 중 무려 5개가 일치했었다. 가끔, 5개면 2등이 아니냐고 물어보는 사람들을 위해 설명을 한다면, 로또는 똑같은 번호 6개가 1등, 번호 5개가 일치하고 보너스 번호를 맞춰 6개가 된다면 2

등, 그리고 5개가 3등이다. 심지어, 3등 로또가 당첨된 날. 그 회차의 1등은 무려 40억이었다. 한편으로는 아쉬운 마음이 들었지만, 3등도 엄청난 확률을 갖고 있기에 당첨이 됐다는 것 자체에 의미를 두고 행복을 즐겼다.

3등이니 할 수 있는 일. '주변에 자랑하기.' 오히려 1등이 된다면 자랑하지 못할 것이다. 내 마음을 추스르기 바쁠 테니. 가장 기뻐한 사람은 아빠였고, 가장 아쉬워한 사람도 아빠였다. 아들의 행복이 본인의 행복보다 소중한 사람이기에 그 마음을 더욱 느낄 수 있었다.

하지만, 사람의 욕심은 끝이 없다는 걸 다시 한번 느끼게 되었다. 기쁜 마음속에서도 1시간, 2시간, 하루가 지나니 속상한 마음이 자꾸만 올라왔다.

'나도 해드리고 싶은 게 많은데.'와 같은 마음이 자꾸만 내 머릿속을 맴돌았다. 괜찮으면서도 아버지가 아쉬워했던 표정을 떠올리니 아쉬움을 잊는다는 게 쉽지 않았다. 생각해 보니 예전에 3등 당첨된 사람들을 보며 "로또 3등 당첨되는 사람들은 속상해서 못 살겠다. 차라리 당첨 안 되는 게 낫지. 무슨 희망 고문이야?"라고 말하던 내가 떠올랐다. 그게 내가 되다니.

없던 돈이 생겨서 기분이 좋은 것보단 '아쉽다.'라는 말을 무의식적으로 계속하는 나를 보니 어느 순간 무섭다는 생각까지 들었다. 1등만 느낄 수 있는 감정이 있는 것처럼 지금 내가 느끼는 감정은 3등이 느끼는 감정이 분명하다는 것을 알 수 있었다. 이 감정이 오래 지속된다면 더는 좋은 감정으로 남아 있지 않다는 것도 알기에 이제는 떨쳐보려고 한다. 어떤 마음이든 오랜 시간 동안 남아있을 때 나에게 도움을 주지 못한다고 생각되는 감정은 되도록 빨리 정리하는 게 좋다. 좋지 않은 감정은 남아 있을수록 가슴의 응어리로 변하기 마련이다.

사람은 욕심이 없을 수 없다. 어떤 사람이든 자신만의 욕심을 가지고 산다. 욕심이 있다는 건 나쁜 게 아니다. 무언갈 이루고자 하는 욕망이자 나의 원동력이 되어주기도 하니깐. 그래도 나의 노력 대비 큰 성과가 들어오는 행운에 있어선 그 욕심을 절제할 줄 알아야 한다. 행운은 양날의 검이기에 내가 어떻게 받아들이는지에 따라 가치가 변하기도 한다. 행운이 들어온다면 그저 즐겨라. 그리고 있는 그대로만 받아들이자.

#착한 일 많이 해서 하늘에서 선물 줬나 봐.

좋은 사람 나타나 주세요

"좋은 사람이 나타나질 않아요."

내가 생각하는 주변 사람 중 가장 좋으신 분이 하셨던 말이야. 이분을 볼 때면 좋은 사람은 좋은 바보가 되는 느낌이기도 해. 왜 좋은 사람들에 겐 비슷한 사람이 빨리 나타나질 않을까? 꼭 데이고 다치고 아픔을 반복하는 사랑을 하는 느낌이야. 그렇게 반복해도 좋은 사람은 지치지 않고 좋은 바보가 되는 걸 포기하지 않더라.

한편으로는 긍정적인 마음을 닮고 싶으면서도 한편으로는 안타깝기도 해. 착하면 만만해지고, 배려는 당연해지고, 좋은 사람은 바보가 되는 이상한 세상이야. 가끔 이런 세상이 무섭게 느껴지기도 하지만, 나도 나쁜 사람이 돼야 할까 싶으면서도 같은 사람이 되는 것보단 바보로 남는 게 좋기에. 그리고 누군가에게 상처를 주고 싶지 않아서. 영원히 바보로 남으려고 해.

좋은 사람에겐 늦어도 좋은 짝이 나타나지 않겠느냐는 막연한 생각보다 하루빨리 좋은 사람을 만났으면 해. 예쁘게 성실하게 누구보다 정직하게 살아온 만큼 그에게 보상이 빨리 찾아왔으면 좋겠어. 사람에게 상처 입고 힘든 감정을 느끼는 것. 이제는 그만 느끼게 해주고 싶다. 행복한 감정을 느끼기에도 짧은 인생인데 누구보다 빨리 행복하게 지내라고 조금이라도 기도해 준다.

바보온달과 평강공주가 사랑한 것처럼.

"우리 어디서 본 적 있지 않나요?"

딸기는 윙크 맛이야!

인터넷 속에서 봤던 한 영상. 엄마가 아이에게 딸기를 주며 대화한다. 엄마가 먼저 말을 한다.

"딸기는 무슨 맛이야?"
"딸기는 윙크 맛!"
"윙크 맛이 뭐야?"
"찡그리게 하잖아."

평범한 영상이었지만 나에게는 이 아이가 부러웠다. 모든 걸 있는 그대로 받아들이는 아이가 예뻐 보이면서도 그 순수함이 너무나도 부러웠다. 순수함은 한 번 잃게 되면 순수한 척은 할 수 있어도 그 순수함을 다시 갖기는 힘들다. 이 순수함이 아이들을 사랑할 수 있는 이유 중 하나이기도 하다.

이 아이는 커서도 딸기는 윙크 맛이라는 걸 기억했으면 좋겠다. 딸기라는 맛을 알게 되더라도 내가 어릴 적 윙크 맛이라고 표현했다는 것을 잊지 않았으면 좋겠다. 순수함을 잊는다는 건 나의 어린 시절을 잃는다는 말이기도 하니깐.

사람마다 각자의 순수함이 남아 있었으면 좋겠다.

순수하다는 것은 사람의 감정이 착하다는 걸 대면해 주는 말인 것 같기도 하다. 감정을 느끼는 방식은 사람마다 모두 다르게 느끼겠지만 있는 그대로 받아들이는 순수함이야말로 사람이 태어나서부터 가장 깔끔한 감정이지 않을까 싶다.

나중에 내 아이가 딸기가 무슨 맛인지 물어본다면 이렇게 대답해 주고 싶다.

딸기는 윙크 맛이라고.

그 아이도 커서 윙크 맛을 기억했으면 좋겠다.

마지막이라는 걸 알면 달라질까요?

어느 날 아버지의 가장 친하신 친구 한 분이 돌아가셨어.

할아버지가 세상과 이별하실 때도 그렇게 울지 않던 내가 그분의 소식에 슬픔이라는 감정의 늪에 빠졌던 기억이 있어. 계속 슬퍼할 수 없기에 이유를 찾아보기도 했어. 머릿속에 맴돌던 슬픔을 조각내서 나눠보니 결과가 조금은 보이더라.

그건 유예기간이었다.

사랑의 끝에는 대부분 이별의 전조증상을 보여주고, 사별에는 몸이 점점 안 좋아지는 것을 보여줌으로써 나에게 마음을 굳게 먹으라는 신호를 줬었는데. 정말 단단하던 아버지 친구분은 단 하루도 안 되는 시간으로 별이 되었다.

그래서일까?

얼굴도 모르는 사람들의 소식이, 하루아침에 떠난 가슴 아픈 소식을 들었을 때. 내 마음을 아프게 했던 이유가 아닐까? 사람은 약한 존재이기에 누구든 갑작스럽게 세상을 떠날 수 있어. 그렇기에 나는 오늘 하루도 최선을 다해 주변 사람들을 좋아하기도 해.

나를 아프게 했던 모든 사람에게도 그 끝은 격려로 관계를 마무리하기도 했어. 나는 착한 척하는 게 아니야. 그렇다고 나를 스스로 착하다고 생각하지도 않아. 단지, 사람의 끝을 생각하며 사람들을 대해줄 뿐이야.

모든 이들의 하루가 사랑받고 별처럼 빛났으면 좋겠다.

사람은 생각보다 약한 존재다.

5부

가을. 나라는 사람과 나의 마음

조금 이기적이더라도 나를 누구보다 사랑하고 아껴주자.

당신을 응원하는 사람 중 가장 곁에 있는 건 '나' 자신이다.

누군가에겐 외로울 수 있는 이 가을이
저에게는 작은 기쁨으로 찾아왔습니다.

감정을 있는 그대로 받아들여 보니
감정을 넘어 나를 사랑하는 방법을 알 것 같습니다.

이제는 행복을 마주해보려고 합니다.

나의 가치 알아가기

나의 가치는 무엇으로부터 느낄 수 있을까?

가족이 보는 나.
연인이 보는 나.
친구가 보는 나.
직장 동료들이 보는 나.
나라는 존재는 생각해 보면 항상 타인의 관점으로부터 정해지는 것 같았다. 그렇기에 나의 가치는 타인이 정해주는 것이 아닐까 하는 생각으로 살아왔다.

하지만, *나는 나라는 걸.*
나를 판단할 수 있는 사람은 오로지 나라는 걸 기억해야 한다. 나의 가치는 내가 판단해야 하고 나라는 존재는 누구보다 나 스스로가 가장 잘 알아야 한다.

나에게 모진 말을 했던 사람이 있어서 하루의 기분이 좋지 않더라도 내가 그 하루 속 좋은 행동을 하나라도 하며 스스로 위로했으면 한다. 나를 위로할 수 있다면 나의 가치는 높아진 것이다. 비록 '나'라는 가치 자체가 타인이 정해주는 현실이라 생각하더라도 나 스스로에게 나의 가치를 갉아먹는 생각을 해선 안 된다. 타인들이 보는 나라는 사람은 그 사람들의 시각 속에서 그저 한 장면을 본 것에 불과하다. 그렇기에 나라는 사람이 어떤 사람인지를 정확히 알 수 없다.

타인의 말에 고통 받지 말자.
나 스스로에게 잘못된 행동을 꾸짖어 시무룩할 순 있어도 나를 향한 타인의 불평은 나를 성장시킬 수 있는 말을 제외하곤 흘려버렸으면 한다.

나는 그만큼 소중한 사람이니깐.
나의 가치는 누구보다 높으니깐.

내 옆에서 평생 지켜본 사람이 바로 '나'다.

완벽한 사람으로 만들지 않았으면

잘생기고 예쁜 사람.

돈을 잘 버는 사람.

능력이 좋은 사람.

물론 내 주변에 있다면 도움이 되는 사람들이지만 세상엔 완벽한 사람은 없다.

나라는 사람을 완벽한 사람으로 만드는 것도 중요할 수 있다. 나라는 사람의 치명적인 단점을 알고 있더라도 그 단점마저 받아들이며 나를 사랑하는 것이 중요하다.

나에겐 어떤 친구보다 가장 친한 사람이 내가 될 수 있도록.

나라는 사람이 실수했을 때 웃으며 넘길 수 있도록.

나를 믿고 사랑해 주는 사람이 나라는 걸.

이것을 아는 사람이야말로 완벽한 사람이라 할 수 있다.

세상의 중심은 우주라고 말하는 사람도 있다. 물론 틀린 말은 아니다.

그렇지만 나를 기준으로 봤을 때 세상의 중심은 결국 '나'라는 사람이다. 나의 행복을 스스로 느끼는 사람일수록 삶의 만족도 높을 것이다. 그렇기에 나의 행복이 무엇보다 중요하다. 슬픈 일이 찾아와도 이겨낼 수 있고 포기하지 않게 만드는 것이 바로 행복의 힘이기에. 완벽한 사람이 되는 것보단 실수 속에서도 사람다움을 잃지 않는 사람이 되었으면 한다.

완벽할수록 감정이 무뎌질 수 있다는 걸 아는 사람이었으면 한다.
나 스스로에게도 완벽하지 않은 사람이 되어 내 주변 소중한 사람에게도 완벽을 추구하지 않고 있는 그대로 받아들일 수 있는 사람이 되었으면 한다. 서로가 서로에게 스며들며 조화를 이룰 수 있는 사람이야말로 좋은 사람이라는 것을. 모든 사람이 알고 있을 것이다.
그러니 완벽한 사람이 되지 말자.
그저 받아들일 수 있는 그런 사람이 되자.

\# 자연스러운 내가 가장 아름답다.

몰라서 미안해

"나는 무엇을 좋아할까?"

나라는 주제를 쓰면서 매일 매 순간 생각했던 문장. 나는 나와 가장 친하고 누구보다 잘 알고 있다고 생각했지만, 글의 문장이 늘어날수록 나를 가장 모르는 사람이 바로 나라는 것을 알게 되었다.

그래서일까. 나를 더 알고 싶은 마음에 무작정 시작했던 나 혼자만의 여행. 처음으로 떠났던 이 여행에선 아무것도 하지 않았다. 그저 가고자 하는 지역만 정하고 출발했다. 도착한 곳은 동해. 바다에 도착하고 나선 다른 목적지를 찾지도 않았다. 오로지 발 길이 닿는 대로 움직였다.

그저 멀리 보이는 저곳이 지금 있는 이곳보다 예쁘게 느껴져 가고 싶다면 무작정 걸었다. 모래사장에 앉아 넋 놓고 바다를 구경하기도 했고 걷다가 예쁜 캠핑 의자를 깔고 앉아 있는 사람을 보곤 곧바로 캠핑 의자를 사 와서 똑같이 앉아 바다를 구경했다.

너무 행복하더라.

아무것도 하지 않는다는 게.

생각을 잠시나마 멈춘다는 게.

나의 머리에 쉼을 준다는 이 행위가 나에겐 행복이었다.

바쁜 일상을 보냈다.

모두가 똑같겠지만 열심히 살았다. 그렇게 살아왔기에 쉰다는 걸 이해하지 못했다. 하지만, 이번 여행으로 나를 더 알게 되었다. 시끄럽고 사람이 많은 곳을 좋아하는 줄 알았던 내가 누구보다 조용하고 따뜻한 곳을 좋아했고, 철저한 계획과 새로운 장소를 좋아하는 줄만 알았던 내가 계획 없이 그저 편안한 여행을 누구보다 사랑했다는 것을.

"나는 이런 사람이야."라는 말로 나를 단정 짓지 말자.

생각보다 나라는 사람은 내가 생각한 것과는 다른 무언가를 사랑할 수 있다. 그러니 나 혼자만이 할 수 있는 걸 시도해 보고 나를 알아보자. 그 알아감의 끝에는 내가 사랑할 수 있는 행동이 있을 테니깐.

행복감을 느끼는 것. 그게 나를 사랑하는 방법이다.

기억 길을 걷는다

매일 집에 들어갈 때 걷게 되는 작은 골목길이 있다.
이 골목길은 내게 수많은 감정을 선물해 준 기억 길이다.

사랑을 시작할 때 전화하며 나에게 설렘을 선물했던 곳.
이별을 할 땐 아픔을 느끼며 슬픔을 만끽했던 곳.

기쁜 날, 슬픈 날, 평범한 날.
매일의 나와 함께 감정을 공유했던 기억 길.

그래서인지 예쁘지도 않은 이 길에 감정이라도 생긴 것인지.
속상한 날에는 집을 나와 이 길에서 가만히 서 있기도 한다.

나의 매일의 하루와 끝을 공유한 만큼 이 길은 누구보다 나라는 사람
을 잘 알 것 같아서.
묵묵하게 내가 하던 말을 조용히 들어줄 수 있을 것 같아서.
내가 느낄 수 있는 감정을 오늘도 조용히 알아봐 줄 것만 같아서.

오늘도 난. 이 기억 길을 걷는다.

이 길은 내 마음을 알아주겠지.

기억 길에 감정이 있다면
누구보다 좋은 친구가 됐을 텐데.

진짜 성격을 아시나요?

나는 나를 얼마나 알고 있을까?

항상 자신 있게 말하고 거짓말을 싫어하며 표현에 막힘이 없다고 생각했던 내가 어느 날 자기방어가 강하다는 말을 들었다. 고집 있는 성격 때문인지 그 이야길 듣자마자 들었던 생각은 '내가?'였고 두 번 세 번 머릿속으로 돌려보니 그 말은 사실이었다.

어느 순간부터 나는 자기방어가 심해진 고슴도치 같은 사람이었다. 마음을 주다가도 상대가 다가오면 피하고, 내가 했던 말과 행동이 매번 잘못된 것 같다고 생각했다. 그러다 보니 사람과의 관계에 대해 지속적으로 고민했다. 이게 상처 때문인 건지 아니면 내가 소심하게 변한 건지. 그것도 아니라면 공황장애 후유증인지. 어떤 문제가 있었기에 내 인간관계에 브레이크가 생겼던 걸까?

나에 대해 깊이 생각해 보니 언제부터인지는 모르겠지만 자존감이 높았던 나는 소심한 사람이 돼 있었고, 언제나 밝았던 이미지와는 다르게 어두운 그림자가 나타나며, 남을 웃게 해주는 것이 즐겁던 나는 타인을 비관적으로 바라보는 부정적인 사람이 돼 있었다. 이제는 뭐가 진짜 나일까. 계속되는 고민 끝에 단 하나의 결과가 나왔다.

그게 무엇이든 나라는 것.

이것도 나의 일부 중 하나일 뿐이다. 이 성격이 좋지 않다면 빠르게 인정하고 고치면 되는 것이다. 다시 밝고 긍정적인 에너지를 주던 그때의 나로 돌아갈 수 있도록 인지하고 노력하면 된다.

사람은 살다 보면 누구나 성격이 변할 수 있다. 아무리 좋은 성격을 가진 사람이라도 지속되는 불안과 상황이 겹친다면 불만족스러운 사람으로 변할 수 있다. 언제나 행복하다는 것은 오히려 감정이 없는 사람이 될 수 있다는 말이기도 하니깐. 그러니 어느 순간 내가 잘못된 걸 깨닫게 된다면 그저 인정하면 된다.

그리고 그 성격을 하나씩 고치면 될 뿐이다.

사람의 성격은 고칠 수 없다는 말도 어느 정도 맞는 말이지만 만약, 그게 상황에 따른 변화라면 나는 언제든 고칠 수 있다고 생각한다. 그러니 본래의 나라는 사람의 성격을 안다면 잊지 않고 살아갔으면 한다. 그것도 나를 이해하는 좋은 방법의 하나이니깐.

내가 바뀐다고 해서 불안하지 말자. 그것조차 내면의 '나'이니깐.

둘이 되는 과정

익숙해지지 않을 것 같던 혼자라는 시간이 이제는 어느 정도 익숙해졌습니다. 혼자 밥을 먹고 혼자 잠을 자고 혼자 여행도 가봤습니다. 가끔 외로워지는 감정이 더는 무섭게 느껴지진 않습니다. 홀로 서는 법을 어느 정도 배운 것 같기도 합니다. 혼자서는 더 이상 못 할 것 같던 일이 하나둘씩 적응이 됩니다. 내가 이렇게 강한 사람이라는 것도 알게 됐습니다.

혼자서 할 수 있는 여러 가지 재미있는 일을 경험했습니다. 경험을 바탕으로 나에 대해서 조금 더 잘 알게 된 것 같습니다. 지금의 내가 점점 좋아지기도 합니다. 하지만 왜일까요?

마음 한쪽에 있는 빈자리는 어떤 일을 해도 채워지지 않는 것 같습니다. 아무래도 이 자리는 사랑이라는 단어로만 채울 수 있는 자리인 것 같습니다. 혼자일 땐 그 무엇도 이 자리를 채워준다는 느낌을 받아보지 못했습니다.

그래서 그런 건지, 이 자리는 채워졌다 비워지기를 반복하며 점점 헐

거워진 것 같습니다. 더 이상 이 자리에 힘을 쏟기 힘들 정도로 말이죠. 이 빈자리가 영원히 채워지는 날이 올지 걱정이 되기도 합니다. 그리고 지나간 인연들은 나의 최선으로 이어갈 수 없다는 것도 알게 되었습니다. 내가 아무리 노력해도 빈자리는 다시 생겼습니다. 사랑은 노력이 아니라는 걸 다시 한번 느끼기도 했습니다.

허무하고 속상합니다.
'뭐를 위해서 이렇게 열심히 사랑했을까?'라는 의문이 들기도 하고, 내가 잘난 게 없는 사람이라는 생각이 들기도 합니다. 겉모습보단 속이 중요하다고 하지만, 그것도 겉모습이 어느 정도는 맞아야 가능한 일이라는 것을 압니다. 일방적인 사랑은 사랑이 아니라는 것도 깨달았습니다. 아마 이 빈자리를 위한 남은 힘은 단 한 번이라는 걸 이제는 예상합니다. 그래서인지 더욱 신중해지고 더욱 조심스럽습니다.

내가 한 선택이 잘못되지 않았다는 걸 확신으로 갖고 싶습니다. 저처럼 세상 모든 사람에게 이 빈자리는 채워졌다 비워지기를 반복하겠지만, 언젠가 이 빈자리가 꽉 채워져 더 이상 비워지지 않는 날이 올 것으로 생각합니다. 아마 삶은 그때부터 다시 시작하는 기분이지 않을까 싶습니다. 홀로 그리고 빈자리가 아닌 둘이 그리고 완벽하게 채워진 자리로 새로운 인생이 시작할 것입니다.

＃ 또 다른 나를 만나게 되는 것.

행복이 만들어준 주름

화창한 날.

기분 좋게 일어납니다.

창문을 열고 시원한 바람을 맞이합니다.

살짝 미소를 머금고 이부자리를 정리합니다.

기지개를 켜고 커피를 내립니다.

커피가 내려지는 동안 간단한 세수를 합니다.

그리고 햇볕이 드는 창가에 앉아 커피를 마십니다.

잔잔하고 고요합니다.

새가 우는 소리만 간혹 들리는 이곳은 나만의 공간입니다.

천천히 커피를 음미합니다. 그리고 눈을 감아 봅니다.

'스르륵' 소리가 들려옵니다.

잔잔한 이 공간에 어울리는 음악을 틀어주듯이 얌전한 바람이 불고 있습니다. 바람은 따뜻한 햇볕과 약속한 것처럼 균형을 맞춰줍니다. 조금 더울 때쯤 한 번씩 시원한 바람을 불어줍니다.

모든 균형이 맞습니다. 편안한 자세와 속을 따뜻하게 해주는 커피, 따뜻한 햇볕과 시원하면서도 얌전한 바람. 아마, 일상에서 느낄 수 있는 최고의 행복이지 않을까 싶습니다.

행복은 굳이 찾지 않아도 됩니다.
균형이 맞는 곳에는 행복이 존재합니다.
시원한 바다와 뜨거운 햇살의 균형, 추운 겨울바람과 아늑한 이불 속, 여름 뙤약볕을 이겨내게 해주는 시원한 아이스크림, 높은 지대의 추운 공기와 따뜻한 온천, 당기는 것과 밀어내는 것, 높은 곳과 낮은 곳, 좋은 일과 나쁜 일. 모두 행복의 균형을 잃지 않기 위해 세상이 알려주는 방법입니다.

그렇기에 영원하고 완벽한 삶은 없습니다.
기쁨에는 슬픔이 있고, 만남에는 이별이 있고, 생명에는 죽음이 있듯이 모든 관계에는 시작과 끝이 존재합니다. 아마, 모든 순간이 빛이 나는 순간이라는 걸 알려주듯 세상이 정해준 답인 것 같습니다.

이제는 슬픈 일에도 많이 아프진 않습니다.
또 다른 행복이 올 것이라는 걸 조금은 알게 되었습니다. 지금 겪는 슬픔을 이겨내면 힘들었던 만큼 행복한 순간이 온다는 걸 이제는 알 수 있기에 예전처럼 많이 아프진 않습니다.

그래도 아픔이 지속되면 여전히 슬플 순 있습니다. 하지만 내가 아무리 아프더라도 세상은 내 아픔을 알 수 없습니다. 나의 힘듦을, 나의 고민을, 나의 슬픔을 세상은 모릅니다. 오로지, 나라는 사람만 그 감정들을 느끼는 것입니다.

그래서 조금은 억울합니다. 어차피 남들 다 모르는 나의 불행인데. 조금은 억울해서, 조금은 내가 더 행복했으면 좋겠기에. 이제는 조금만 아프고, 많이 웃어보려고 합니다.

그렇게 지내다 보면 남들이 보는 내 모습도 행복한 사람으로 비칠 것입니다.

행복한 삶을 살아온 사람들에게는 웃음이 만들어준 예쁜 주름이 생깁니다. 웃음이 만들어준 주름은 그 무엇보다 아름답기에. 그 주름을 평생 간직하고 만들어가는 사람이 될 것입니다.

#그런 주름은 늙어서도 아름다워서, 미래의 나도 좋아할 거야.

감정을 마주해본 적이 있나요?

눈물이 났습니다. 이유는 찾을 수 없습니다.

그냥 내가 너무 스스로 안타까웠습니다.

열심히 산 것에 비해 내가 너무 초라한걸요. 스스로에게 '이건 경험이니까'라고 수없이 외치며 이겨냈었습니다. 하지만 이제는 솔직해져 봅니다. 나 자신에겐 숨기지 않는 날도 필요하다고 느꼈습니다. 그냥 웁니다. 걸으면서 울어봅니다. 너무 속상해서 너무 소중한 내가 안타까워서 울어봅니다.

그동안 참고 살았던 감정이 몇십 년 만에 폭발하듯 미친 듯이 울었습니다. 그 와중에 다른 사람에게 내 울음소리를 들려주고 싶지 않아서 조용하게 눈물만 쏟아집니다.

그렇게 울다 보며 아무 생각 없이 온 곳이 저에겐 익숙한 곳뿐입니다. 사람의 무의식중에선 자신이 가봤던 곳을 가나 봅니다. 익숙한 장소를 가는 것처럼 익숙한 사람들이 내 곁에도 영원히 남는다면 얼마나 좋을까요? 속상하지만 사람 마음처럼 되질 않았습니다. 아무리 잘해주고 상대를 위하는 행동을 하더라도 시간의 벽 앞에서는 그저 작은 날갯짓이었습니다. 옛 기억이 그립기도 합니다.

'그때 다른 선택을 했다면 나는 지금 어떻게 살고 있을까?'라는 생각도 해봅니다. 하지만 가장 쓸모없는 게 과거에 대한 후회라는 것을 모르는 건 아닙니다.

단지, 내가 한 선택으로 지금 삶이 정해진 것 같아 아쉬울 뿐입니다. 지금, 이 감정을 잊지 않을 겁니다. '같은 실수를 하지 않는다.'라고 자부할 순 없더라도 과거를 되돌아볼 때 지금보다는 적게 후회하기 위해 살 것입니다. 감정을 숨기는 것도 이제는 그만할 겁니다.

이렇게 하염없이 운다는 게 좋은 감정이라는 걸 처음 알았습니다. 그 동안 나는 바보처럼 나조차 숨겼나 봅니다. 여린 내가 누구보다 강하고 단단한 줄만 알았습니다. 나 자신에게 너무 미안합니다. 누군가를 위해서가 아닌 나 자신을 위해 선물을 준 적도 없다는 걸 알았습니다. 왜 나를 챙기기 전 다른 사람을 먼저 챙겼던 걸까요? 내가 생각하기에 나 자신이 선물을 받을 만큼 가치가 없다고 생각한 것일까요. 아니면 너무 무관심했던 걸까요.

지나가다 본 아이가 기억에 남습니다. 아이의 해맑은 웃음이 조금이나마 서럽던 제 마음을 달래준 것 같습니다. 더는 나에겐 느낄 수 없는 순수한 감정이 전달된 것 같습니다. 누군가가 나에게 웃어주고 잘해주면 이제는 뭔가가 필요하다고 생각하는 것 같습니다.

조건 없는 웃음은 없다고 생각했는데, 저 작은 웃음이 딱딱했던 마음의 벽에 틈을 만들어준 느낌입니다. 마치 이제는 숨기지 말고, 솔직해지라고 조언을 주는 것 같습니다. 저 아이의 웃음이 영원히 기억에 남을 것입니다.

다시 일어납니다. 멈춰 있던 발걸음을 움직입니다. 이 발걸음이 잠시나마 멈추는 일이 있더라도 제자리에 있지는 않을 겁니다. 늦더라도 조금씩 한 발짝씩 나아가다 보면 지금의 펑펑 우는 나를 위로해 주는 내가 되어 있을 겁니다.

그 시절 넌 충분히 최선을 다했고 애썼고 할 만큼 했다고. 그러니 그렇게 자책하지 않아도 된다고. 후회한다는 건 열심히 살았던 증거라고. 결과는 없었지만. 지금의 나를 만들어준 발판이 맞았으며 너의 의심은 착각이며 확신을 알려준 순간이라고. 그렇게 위로해 보려고 합니다.

나를 사랑해 주는 사람이 돼 보려고 합니다. 누군가가 나를 사랑해 주기 전 나부터 나를 사랑해 주려고 합니다. 그렇게 아끼고 예뻐해 주다 보면 분명 나만큼 나를 아껴주는 사람이 올 것입니다. 그리고 내가 받는 사랑만큼 그 사람의 사랑도 아껴주려고 합니다. 그렇게 살다 보면 먼 훗날, 나는 정말 행복하게 살았다고 말할 수 있을 것 같습니다. 그리고 앞으로도 잘 부탁한다고 곁에 있는 사람에게 말해줄 것입니다.

오늘도 나를 아껴줍니다.
그런 사람이 편하게 올 수 있도록.
아껴봅니다.

 # 토닥토닥. 그동안 고생했어.

위로하는 방법을 아시나요?

'뽀득뽀득…….'

넓게 펼쳐진 들판 위 흰 눈을 밟습니다.

아무것도 없던 황량한 들판 위 그 쓸쓸함을 위로하듯 얇게 그리고 천천히 소복하게 쌓인 눈은 마치, 지금, 이 장소를 위로하는 것 같습니다.

백지와 같던 드넓은 눈 위로 내 걸음 하나하나가 모양을 만들어 나갑니다. 발자국을 새기며 순결에 가깝던 흰 눈이 조금씩 더럽혀지기도 합니다. 하지만, 눈은 내가 만드는 이 발걸음이 싫지는 않나 봅니다. '뽀드득.' 작은 소리를 내며 작게나마 반갑다고 인사를 하는 것 같습니다.

마음을 정리하고 싶을 땐 이상하게 넓은 자연을 보고 싶습니다. 바다, 들판, 산속에 쌓인 눈과 같이 같은 색깔이 오랫동안 유지되고 넓게 보이는 그런 곳을 찾습니다. 그런 곳에 있으면 우려했던 일이 사라지는 건 아니지만 나에게 괜찮다는 말을 전달하는 것 같기도 합니다. 누군가 보면 궁상을 떤다고 말할 수 있는 이 행동이 실제로 도움을 많이 주기도 합니다.

"여기서 소리 지르면
너는 들어주겠지?"

제가 혼자 가끔 이렇게 떠나는 모습을 보고, 성격이 담담한 친한 지인이 동행을 요구했습니다. 그리고 1박 2일 동안 바다에 앉아, 산에 앉아 아무것도 하지 않고 자연을 봤습니다. 지인은 아무 말도 하지 않고 돌아오는 길에 한마디 했습니다.

"이게 가끔이면 정말 좋을 것 같아. 마음이 편안해지네. 하지만, 자주는 하지 마. 우울증 걸리겠다."

첫 문장에 기분이 좋고, 마지막 문장에 웃었습니다.
그리고 저는 말했습니다.

"내가 스트레스를 해결하는 가장 최적의 방법이고, 나는 너무 행복해. 그러니깐 걱정 안 해도 돼. 고마워."

의외로 제 성격은 활기찹니다. 외향적인 사람에 친구도 많은 편입니다. 성격과 스스로에 대해 위로하는 방식은 다른 것 같습니다. 노래를 매일 부르는 가수가 쉴 때는 아무것도 듣지 않고, 말하지 않는 정적인 곳을 좋아하듯이. 나 자신에게 선물을 주는 하나의 방법일 뿐입니다.

자연은 친구라고 말씀하시던 어른들의 옛말이 지금에서야 조금 이해가 갑니다. 생각해 보니 정말 행복할 때, 사랑할 때, 답답한 일이 풀리지 않을 때, 속상한 일이 겹쳤을 때, 항상 찾는 곳은 자연이었습니다. 기분에 따라 미친 듯이 웃어보기도 하고, 울어보기도 했습니다.

　누군가에게 보이고 싶지 않은 모습을 누구보다 많이 봤을 겁니다.
　누군가에게 말하고 싶지 않던 비밀을 누구보다 많이 알 겁니다.
　누구보다 그 자리에서 나를 위로해 주었을지도 모릅니다.

　사랑은 사람에게만 적용되는 게 아닙니다. 가족 같은 애완동물, 아끼는 사물. 그리고 나를 위로해 주던 모든 것엔 나의 사랑이 묻어 있습니다. 저에겐 자연을 사랑하는 힘이 남들보단 조금 더 큰 것 같습니다.
　특히, 정말 좋아하는 사람과 이별했을 때 가장 큰 위로를 해주었습니다. 전에는 이별할 때 그 아픔을 감당하지 못해 집에서 가만히 앉아 있었습니다. 무엇도 할 수 없었고, 어떤 일도 하기 싫었습니다. 그저, 가만히 있으며 지금 이 느끼는 감정이 시간에 순화되어 빠르게 지났으면 하는 바람이었습니다.

　그리고 그 이별 통증에 대한 기간은 이별의 횟수가 늘 때 조금씩 줄어들기도 했습니다. 하지만, 아주 좋아했던 사랑에 대한 이별은 이 방법으론 해결이 되지 않았습니다. 가만히 집에 앉아 있다고, 시간이 흐른다고 해서 감정의 변화는 나타나지 않았습니다. 긴 시간 동안 똑같은 나를 보고 더는 가만히 있으면 안 될 것 같아 처음으로 떠났습니다. 무작정 나갔던 그 여행은 이겨내는 방법 외에도 저에게 다른 선물을 주었습니다.

아마, 그동안 이별을 이겨냈던 이유는 이겨냄이 아닌 다른 사랑으로 그 이별을 덮었다고 착각한 것 같습니다. 혼자서 충분히 아파하고 스스로 위로를 해보며 정말 괜찮다는 생각과 다음 사람에게 전 사람이 보이지 않을 때. 그때가 혼자서 이별을 이겨내는 것이라는 것을 깨달았습니다.

생각보다 혼자 여행하는 사람이 많다는 것도 알게 되었습니다. 그전까지는 주위를 둘러보지 않으며 오직 나와 같이 갔던 사람에게만 집중했었지만, 혼자 여행을 해보니 주위의 풍경 외에도 혼자 여행을 온 사람들이 보이기 시작했습니다. 정말 혼자서 여행을 즐기는 사람이 있기도 할 거고, 답답한 마음에 홀로 떠나기도 했을 것이며, 새로운 만남을 기대하며 여행하는 사람도 있을 겁니다.

이 모든 사람에겐 타인보다 나를 먼저 생각하는 여행이라는 공통점이 보이는 것 같았습니다. 저보다 훨씬 어린 사람들도 보며 성숙함과 나이는 별개라는 걸 느끼기도 했습니다. 여행은 자신을 위로하는 방법의 하나일 뿐입니다.

사람마다 자신의 쉼을 선물하는 방법은 다를 것입니다. 그 방법을 일찍 찾는다면 조금은 더욱 행복한 삶을 빨리 보낼 수 있겠지만, 자신에게 위로를 선물하는 방법을 찾는다는 걸. 사람들은 대부분 필요 없다고 생각하기도 합니다.

그저, 친구들을 만나 떠들고, 연인을 만나고, 게임을 하고, 핸드폰을 들고 침대에 누워 가만히 있기도 합니다. 그런 행동들이 쉼을 선물해 줄 수 있다는 것을 분명 알고 있지만, 자신만의 특별한 위로가 있었으면 합니다.

비슷한 옷차림, 비슷한 출퇴근, 밥을 먹고 커피를 마시는 것을 대부분의 사람이 하는 것처럼, 비슷하게 삶을 살아가는 사람들이 대부분이라는 것도 알고 있습니다. 하지만, 비슷한 삶과는 반대로 개인의 성향과 성격은 모두 다릅니다. 사람마다 생각도 생김새도 자신이 숨기는 비밀도 모두 다르기에 나만의 위로를 찾았으면 합니다.

그 위로를 찾고 자신에게 선물해 주는 그런 삶.
아마, 금전적인 선물보다 값진 삶을 받는다는 것을 느낄 수 있을 것입니다.

행복한 위로를 받는 자신만의 삶을 찾기를.

숙제. 오로지 나를 위로하는 방법 찾기.

나에게는 사소한 상처란 없다

"아야…."

손가락을 베이면 큰 통증은 아니지만 잔잔한 통증이 한동안 지속되는 걸 경험한 적 있나요? 생각이 잊힐 때면 한 번쯤 찾아와 나를 건드리곤 합니다.

특히, 그 손가락이 새끼손가락이라면 일상생활을 하며 은근히 불편한 게 많습니다. 컵을 쥘 때도, 키보드 속 타자를 칠 때도, 무언갈 만질 때도 자꾸만 한 번씩 통증을 주며 다친 기억을 되새김질합니다.

사랑도 마찬가지입니다. 아픈 새끼손가락과 비슷한 사랑을 누구나 해봤을 겁니다. 잊힐 때쯤 한 번씩 생각나고, 같이 갔던 장소, 좋아하던 음식, 둘만의 추억이 보이면 미미한 통증을 주곤 합니다. 그 마음의 통증은 참을 수 있지만 오히려 잔잔하기에 더욱 가슴 깊숙이 박히기도 합니다. 그만큼 그 사랑을 열정적으로 했다는 의미기도 아닐까 싶습니다.

차라리 이별할 당시에 크게 아프고 잊히는 사람이 낫습니다. 앞으로의 내 삶에는 지장을 주지 않을 테니까요. 잔잔한 여운을 남기는 사람만큼 못된 사람은 없습니다. 한 사람의 기억에 평생 각인을 새긴 거나 마찬가지니깐.

사람을 사랑한다는 것을 이제는 조절할 수 있는 내가 됐으면 좋겠습니다. 지금도 충분히 아픈 손가락이 늘어난다면 미미한 통증이 쌓여 이제는 참을 수 없을 것만 같습니다. 베였던 상처가 아물고 예전처럼 돌아가기엔 시간이 어느 정도 해결해 준다는 말도 맞지만, 비가 올 때 같은 부위에 통증을 느끼거나, 내 몸을 베였던 물건을 보면 다친 곳이 다시 아픈 느낌인 것처럼. 경험에서 생기는 심적인 상처에 대한 치료는 시간이 해결해 주지 못합니다. 그저, 더 좋은 사람, 더 사랑하는 사람을 만나 그 자리를 메우는 방법밖엔 없습니다.

잔잔한 통증을 주는 만큼 잔잔한 사랑을 주는 사람을 만났으면 합니다. 내가 가진 모든 사랑을 한 번에 힘 쏟고 지치는 사람이 아닌 평생을 걸쳐 내 사랑을 조금씩 나눠주며 그 사랑을 잃지 않는 사람을 만났으면 합니다.

그래도 한 편으로는 그 손가락이 새끼손가락이기에 이겨낼 수 있는 것 같습니다. 만약 손가락이 아닌 내 손 전체를 다쳤다면 더욱 힘든 시간을 보낼 것으로 생각합니다. 그런 마음가짐으로, 내가 느꼈던 불행보다 더욱 큰 불행이 아니라는 것을 감사하게 여기며 지금, 이 순간을 이겨낸다면 똑같은 통증이 와도 지금보단 잘 나아갈 수 있을 것입니다.

다친 손가락에 큰 의미를 두지 않기를 바랍니다. 작은 상처는 언제 다쳤는지도 모를 만큼 시간이 지나고 나서 보면 별것 아닌 일이 되기 마련입니다. 다쳤을 땐 그 무엇보다 신경이 쓰일 수밖에 없지만 그 다침에 의미를 만들지 않았으면 좋겠습니다. 이별도, 안 좋은 일도 결국 과거가 될 뿐이고 미래의 나에겐 어떤 도움도 줄 수 없습니다. 그저, 누구에게나 생길 수 있는 좋지 않은 일이 한 가지 생긴 것뿐입니다.

안 좋은 일이 생길 땐 좋지 않은 일이 반복될 수 있습니다. 내가 지금 이 시기를 이겨 낼 수 있을지 가끔은 시험에 들게 한다는 생각이 들 만큼 어려운 시기도 있습니다.

이런 시기는 누구에게나 올 수 있고, 분명 이겨낼 수 있는 시련일 것입니다. 좋지 않은 일이 생겨서 그 일에 갇혀 있다면 다른 좋지 않은 일을 가져올 뿐입니다. 당신이 어떤 생각을 하고 그 상황을 나아가는지에 따라 그 시기도, 그날의 기분도 다를 수 있다는 걸 생각하고 이겨냈으면 하는 바람입니다.

원래 내가 겪는 일이 가장 힘든 법입니다. 내가 겪는 일에는 사소한 일이 없고 매 순간 나를 시험에 들게 하기도 합니다. 타인이 봤을 때 별 거 아닌 것처럼 보일 수도 있지만, 당신의 그 힘듦을 저는 어느 정도 이해합니다. 사소한 일상조차 힘들었던 나이기에 당신이 받는 스트레스가

정말 큰 일이라는 걸 인정합니다. 당신이 겪는 그 일을 완벽하게 이겨내기를 바랍니다.

누구에게나 아픈 새끼손가락은 존재합니다.

모든 사람에겐 숨겨진 흉터가 있습니다. 단지, 그 흉터들을 꺼내보며 살지 않는 사람들이 대부분입니다. 아마, 내일을 살아가기 위해 몸이 만든 방어적인 태도일 수도 있습니다. 흉터가 죽을 만큼 고통스러웠다면 그건 트라우마로 남았을 것이 분명하기에. 지금, 이 통증은 다시 와도 이겨낼 수 있을 것이 분명합니다.

당신은 이겨낼 수 있을 만큼의 시련을 받는다는 것.
당신은 이 정도 시련은 충분히 이겨낼 수 있다는 것.
당신은 강한 사람이라는 것을 기억했으면 합니다.

아픔을 딛고 일어난 네가 정말 자랑스럽다.

하나씩 정리하기

요새 옷을 정리하는 습관이 많아졌습니다. 전에는 어떻게든 그 옷들을 버린다는 게 아까워서 잠옷으로도 써보고, 일부러 입어보기도 했지만, 옷들이 하나둘씩 쌓이더니 방을 채우기 시작했습니다. 결국, 그 옷들이 불어나고 있는 걸 보니 더 이상 안고 갈 순 없었습니다.

옷을 버리지 못한 이유는 많았습니다. 이 옷은 나와 고등학생 때부터 함께 한 옷이고, 이 옷은 대학교 축제 때 입은 옷, 이 옷은 사회에 나갈 때 처음 입은 옷, 이 옷은 누구에게 선물 받은 옷 등. 남들이 보기엔 입지 않은 비슷한 옷으로 보일지도 모르지만, 저한테만큼은 하나하나 추억이 있는 옷들입니다.

사람들에겐 각자 포용할 수 있는 그릇의 크기가 다릅니다.

저에겐 이 옷들도 이미 제가 포용할 범위를 벗어난 지 오래였습니다. 감정만으로 쓰지 않는 옷들을 가지고 있기엔 제 발목을 붙잡는 느낌입니다. 이제는 놔줄 때가 된 것 같습니다. 아마 오늘 저녁쯤엔 동네 골목 끝 외롭게 서 있는 의류 수거함으로 들어갈 것입니다.

전에는 내 물건을 버릴 때 어찌 됐든, 내 인생의 일부를 함께한 것을 알기에 그 물건들을 한 번 더 보며 과거를 상기시키곤 했습니다. 그리고 마지막 안녕을 해줬습니다. 하지만, 그런 안녕의 시간이 의미 없다는 걸 알려준 건 웃기게도 사람입니다.

안녕의 시간을 가진다고 해서 결과가 바뀌는 것이 아니었습니다. 안녕의 시간은 단지, 미련이 조금이라도 남아 있기에 관계를 끊지 않으려는 최후의 몸부림 중 하나입니다. 그리고 몸부림이 길수록 이별이 더욱 아프다는 것도 느꼈습니다. 이별의 순간부터 칼로 잘라내듯 끊어내는 이별이 그나마 덜 아프다는 것도 알게 됐습니다.

한 번 안녕하고 나면 내 인생의 일부였더라도 더 이상 돌아오진 않습니다. 버린 것이 아닌 잃어버린 물건이라면 찾기 위한 노력을 통해 돌아오기도 하지만 버린 것은 아닙니다.

그렇다고 버릴 때 차가워진 것도 아닙니다. 그저, 마지막 인사를 할 때 과거를 상기시키면 끝이 없다는 것을 알기에. 내가 미련이 많은 사람이라는 걸 알게 된 이상, 마지막 인사는 접어두려고 합니다.

사람마다 이별의 방식은 다릅니다. 이별에 아파보는 것도 중요하지만, 이별을 길게 하진 않았으면 합니다. 나만의 이별 기준을 정해놓길 바랍니다. 그 기준이 일주일이라면, 일주일 동안 한없이 아파보고 기준이 지난 시점부턴 예전의 일상으로 돌아가길 바랍니다. 일상에서 울음을 쏟더라도, 가끔은 맥없이 쓰러지더라도, 앞으로 나아가기를 바랍니다.

천천히 나아가다 보면 그런 울음도, 쓰러짐도 점점 줄어드는 나를 보며 조금은 웃을 것입니다.

오늘의 네가, 내일의 너에게 아픔을 물려주지 않았으면 해.

지나온 계절은 전부 내 감정이었다

계절은 항상 내 등을 밀었다.

봄처럼 예쁜 웃음을 가진 사람을 만나라고, 여름처럼 속이 뻥 뚫리는 시원한 사람을 만나라고, 가을처럼 나에게 기댈 수 있는 사람을 만나라고, 겨울처럼 내가 품을 수 있는 사람을 만나라고.

하지만, 계절이 밀어서 만난 사람은

봄의 알레르기처럼 나를 숨쉬기 힘들게 했고, 여름의 뜨거운 태양처럼 화를 주었고, 가을에는 외로움을, 그리고 겨울에는 찬바람이 느껴지는 마음을 선물했다.

아마, 내가 나아가 만난 사람이 아닌, 계절이 밀어서 만난 사람이기에 나와 맞지 않았나 보다.

언제나 급했다.

일도, 관계도, 사랑도 성급한 성격. 계절이 등을 밀어줘서 기다리는 법을 몰랐다. 사람을 만날 때 좋은 사람이라고 느껴지면 당장 가서 도망가지 않게 잡으려고 무의식적으로 한 것처럼. 나를 만난 모든 이들이 느꼈을지도 모른다.

저 사람은 언제나 성급한 사람이라고.

정말 계절이 밀어서 내가 성급했던 게 맞을까?
아니면 나의 결과에 자신이 없어서 계절을 핑계로 대는 걸까.

계절은 그저 가만히 있었을 뿐인데.
조용히 나를 바라보기만 했을 텐데.
나는 만족하지 못하는 결과를 그저 계절에 넘기려고 했던 건 아닐까.

이젠 조금씩 알아가는 것 같다.
계절은 아무것도 하지 않았다. 조금씩 흘러가기만 했을 뿐.
단지, 계절 속에 봄, 여름, 가을, 겨울에 나라는 사람이 있었다. 나라는 사람은 좋은 일에는 내가 잘한 일이라고 했고, 나쁜 일에는 나는 아무 잘못이 없는 것처럼 말하는 비겁한 사람이었다.

비겁한 사람은 나를 사랑하는 법을 잘 모른다.
나를 사랑하기 전에 타인에게 비친 내가 좋은 사람이 돼야 하므로 나를 사랑하는 법을 배우지 못했다. 사람들의 시선이 느껴지는 곳에선 착하고 좋은 사람, 마음이 따뜻한 사람이 돼야 했고, 혼자 있는 곳에선 나 혼자 있다고 아무것도 신경 쓰지 않았다. 하지만 그곳엔 아무도 없지 않았다. 나라는 사람이 있었다.

나를 신경 쓰지 않는 내가 미워서 내 마음이 숨었을지도 모른다. 나에게 집중할 수 있는 시간에 나를 신경조차 쓰지 않는 사람이라는 걸 누구보다 잘 알았으니깐. 그렇게 천천히 나조차 나를 미워하는 사람이 돼버렸다.

웃기게도 나 자신과 화해하는 법을 내가 미워하던 계절이 알려줬다. 계절은 나의 비판을 조용히 덮어주고 품어주었다. 봄에는 예쁜 꽃과 여름에는 푸른 하늘, 가을에는 시원한 산들바람 그리고 겨울엔 소복이 쌓이는 순수한 눈으로 나를 위로해 주었다.

지금 나는 위로를 선물 받고 늦게나마 계절을 사랑한다. 나에게 고마운 계절이 짜증을 보이는 장맛비나 폭설이 와도 나를 위로해 준 만큼 내가 사랑해 보려고 한다.

그렇게 모든 계절엔 내 감정이 묻어졌다.
지나온 계절이 나였고, 앞으로 맞이하는 모든 계절도 내가 될 것이다.

\# 사계절을 인생의 시간에 발맞춰 걸어갈 뿐이다. 아주 그리고 천천히.

이 세상에 남는 방법

'사람이 잊힌다는 게 가장 무섭다는 말.'

어렸을 땐 그저 그런가 보다 하고 넘어갔던 말입니다. 문득 생각이 꼬리에 꼬리를 물던 어느 날. 서른이라는 나이가 지나고 보니 지금까지 살아온 만큼 한 번 더 살면 이순이 되겠고 그렇게 한 번 더 살면 구순이 되는 걸 알았습니다.

아직 누군가가 봤을 땐 그저 어린 나이일 순 있지만, 저는 스스로 제가 30살이라는 사실이 믿기지 않습니다. 어렸을 적 봤던 30살 삼촌의 모습은 든든하고 어른스러워 보였는데 제가 겪어보니 아직도 불안함의 연속일 뿐입니다. 아마 삼촌도 지금의 저와 같은 마음을 갖지 않았을까요?

그리고 정말 아닌 것 같지만 젊은 나이에 세상을 뜨는 사람들이 많습니다. 주위 친구부터 유명인까지. '왜 하필 20대 후반에서 30대 초반에 세상을 뜰까?' 생각해 보니, 그저 가장 예쁜 나이이기 때문이지 않을까 합니다. 내 인생 중 가장 외적으로 멋있는 나이이지만, 속사정만큼은 누구보다 불안한 나이이기에. 그 상반된 경계선의 혼란을 이기지 못해 그저 예쁜 모습으로 남고 싶던 건 아닐까요?

저는 요새 돈을 버는 것보단 내가 떠난 이 세상에 나라는 사람이 있었다는 걸 남기기 위한 활동을 많이 합니다. 글을 쓰는 것, 타인을 도와주는 일을 하는 것. 모두 이런 마음에 하는 것 같습니다. 나의 인생 발자국이 그저 다음 시련에서 나오는 눈이나 비에 쓸려가지 않도록. 그 발자국의 깊이와 고정을 더욱 단단하게 해주고 많이 남기려고 합니다. 그러다 결국은 저의 흔적이 모두 사라지는 날이 오긴 하겠지만, 어느 한 사람이라도 저를 기억한다면 저의 존재에 이유가 있었음을 증명할 수 있을 것 같습니다.

가끔은 봉사라는 활동도 하고 있습니다. 제가 하는 봉사의 개념은 복지관이나 힘든 아이들을 도와주는 것이 아닌, 제가 겪었던 힘듦을 바탕으로 저와 같은 아픔을 겪고 계신 분들에게 상담해드리는 것입니다. 그분들을 도와드리며 좋아지는 모습만 봐도 행복하지만, 가장 힘들 때 곁에 있어 준 사람을 잊기 힘든 것처럼 그분들에게만큼은 저라는 사람이 있었다는 걸 기억해 주셨으면 하는 마음입니다.

비록 가진 것이 많이 없어 물리적으로 도와드리지 못해도, 영향력이 크지 않아 실질적으로 도와드리진 못해도, 단지, 제가 도와드리는 건 이유가 없는 선한 마음이었다는 걸 간직해주셨으면 합니다. 몸이 아파도 무섭고, 아직도 미래의 불안감을 두려워하는 성숙하지 못한 나라는 사람이. 벌써 소멸에 대해 걱정한다는 것도 웃길 순 있습니다. 하지만 그만큼 예쁜 시절 떠나는 이들이 많기에 이제는 이 또한 저에게 주어진 소명이란 생각이 듭니다.

제 글을 읽어본 당신은 무심코 지나가는 한 페이지의 글이라고 생각하지 않았으면 합니다. 이런 고민을 하는 사람도 있다는 걸 기억해 주었으면 합니다.

아마 잊힌다는 건 가장 무서운 말이지 않을까 싶습니다.

제 이야기를 끝까지 봐주셔서 감사합니다.

세상에서 가장 소중한 나

가끔 좋은 뜻을 가진 단어가 싫어질 때가 있다.

배려하다 보면 내가 우선순위에서 밀리기도 하고 상대를 존중하다 보면 가끔 나를 낮게 보는 사람도 있다. 그리고 사랑에 마음을 다하다 보면 나를 잃어버리기도 한다. 좋은 뜻을 가진 단어의 공통점은 상대방에 대한 예의를 중요시한다는 것이다. 또한, 내가 좋아하는 행동만 하다 보면 이기적이라는 말을 들을 때도 있다.

말에는 어폐가 있다.

누군가는 자신이 가장 중요하고 최우선이라 말하면서도, 정작 타인이 자신을 위하는 행동을 보일 땐 싫어하는 표정을 보여주기도 한다.

이 모든 걸 조금만 생각해 보면 답은 나오는 것 같다. 사람마다 기준점이 모두 다르기 때문이다. 내가 생각하는 배려의 기준은 누군가에겐 과할 수도 또 누군가에게는 한없이 작은 배려 중 하나로 보일 수도 있다.

사람마다 자신이 살아온 환경이나 분위기가 모두 다르기에 잘잘못을 따지는 건 아닌 것 같다. 그저 나와 다른 사람이라는 것을 인정하되, 대신 내 기준에서 아닌 것 같은 생각이 드는 것은 확실히 거절 의사를 표현할 줄도 알아야 한다.

물론, 거절 의사를 받은 상대방도 기분이 나쁠 순 있다. 만약, 서로가 기분이 나쁜 상황에서 누구 하나 이해해 줄 마음이 없다면 그 관계는 끝으로 생각하면 된다. 작은 배려 속에서도 나사가 빠진 것처럼 무언가 맞지 않는다는 생각이 든다면 그 사람은 애초에 나와 맞지 않다는 것도 인정할 줄 알아야 한다. 그런 사람과의 연을 길게 하면 둘 중 한 명은 지속적으로 손해를 보는 관계일 것이며, 그 끝은 좋지 않을 것이다. 그러니 사람의 연에 목숨 걸지 않았으면 좋겠다.

지금 우리는 이기적으로 살지 않으면 살기 힘든 분위기가 암묵적으로 있기도 하다. 누군가를 도와주는 행위로 자칫하면 자신이 나쁜 사람이 되기도 하고, 타인의 도움을 부담스럽게 생각하는 사람도 많다. 그렇기에 에세이, 공감이라는 분야가 더욱 인기를 끌기도 하는 것 같다. 어렸을 적 동네에서 느끼는 따뜻한 이웃의 감정, 대중교통을 이용할 때 기사님들과 웃으며 인사하는 모습, 지나가는 사람과 마주치면 멋쩍게 인사를 하기도 하던 모습이, 따뜻한 정이 느껴지던 그리운 옛 모습이 점점 사라지고 있는 건 사실이다.

사회 속 자신의 모습으로부터 깊은 감정을 잊고 사는 건 아닐까?

누군가와 만나서 이야기할 때 옛이야기들이 술안주로는 무엇보다 가장 좋았다. 초등학교 때 마룻바닥과 교실 안에 있던 난로, 매주 뽑는 주번과 다 같이 청소하는 아이들의 모습, 뚱땡이 티비라고 불리던 교실 텔레비전의 뒤 공간은 언제나 탈의실이기도 했다. 이제는 기억 속에만 남아 있는 그런 옛 모습들. 그런 기억이 진정한 추억이 아닐까 싶다. 그 시절 나는 걱정이 없었다. 아니지. 걱정이 달랐다.

아침에 일어나면 무엇을 하며 놀지, 어떤 친구와 무슨 장난을 칠지, 심한 장난으로 동네 어른들에게 혼나는 건 아닐지, 학교 앞 문방구에서 무엇을 사 먹을지와 같은 고민. 그 시절, 걱정의 개념은 달랐다. 과거를 생각할 때 한 가지 확실한 건 그 시절 걱정은 누군가의 눈치를 보지 않는다는 것이다. 그저, 일차원적인 누군가를 생각하지 않는 오로지 나를 위한 걱정.

하지만 이제 그런 걱정은 더 이상 없다.

지금 느끼는 걱정은 불안감을 만들고, 그게 쌓이다 보면 나의 자존감이 차츰 떨어진다. 떨어진 자존감을 회복하기 위해 요새는 자존감에 관한 공부를 많이 한다. 그러다 본 어느 영상에서 자신의 자존감에 대해 이야기하는 것을 봤다.

"누군가 검정인 당신의 머리를 보며 '파란색인 당신의 머리색은 당신과 정말 어울리지 않습니다. 한심하고 바보 같기도 해요.'라는 말을 한다면 뭐라 생각할 것 같아요?

당신은 분명 '내 머리색은 검은색인데 무슨 헛소리를 하는 거지?'라며 생각할 것입니다.

그리고 그렇게 말했던 사람이 다시 한번 '너무 한심합니다. 당장 머리를 밀더라도 그게 훨씬 나을 것 같아요.'라는 말을 한다면 당신은 '이상한 사람이네. 뭐야 저 사람.'이라는 생각을 하며 무시할 겁니다.

또, 직장에서 당신에게 상사가 '너는 너무 일을 못 해. 왜 들어왔는지 모르겠어.'라고 말하거나 소개팅을 나갔을 때 상대가 '당신은 제 스타일도 아니고 별로예요.'라고 말을 하더라도 당신의 자존감이 높다면 '나는 일을 잘하는데 상사의 생각이 너무 잘못됐네.', '나만큼 멋있는 사람이 어딨다고. 저 사람은 사람을 한참 잘못 보고 있는 게 분명해.'라는 생각을 할 것입니다.

그게 바로 자존감입니다."

자존감이야말로 나의 무기이다.

자존감이 높은 사람들은 타인의 어떤 말에도 쉽게 상처받지 않고, 상처를 받더라도 금방 극복할 힘을 가지고 있다. 타인의 눈치를 많이 보는 지금, 이 시대에 가장 필요한 관점이지 않을까 싶다. 나는 나뿐만 아니라 모든 사람이 힘듦을 갖고 살지 않았으면 한다. 사람에게 가장 큰 힘듦은 의외로 물질적인 문제보단 외로움과 공허와 같은 심리적인 고통이다. 돈이 없더라도 곁에 있는 사람과 열심히 살아가 보자 말하며 서로에게 힘이 되어준다면 힘들더라도 행복하게 살 수 있다고 생각한다.

하루의 끝에서 오늘 하루를 같이 말할 수 있는 그런 사람.
소소한 밥을 먹으며 일상을 이야기할 수 있는 그런 사람.
당신에게 그런 사람이 빨리 찾아왔으면 하는 바람이다.

웃자. 즐겁자. 지나가자. 사랑해 보자.
이왕 사는 것 긍정적으로 살아가 보자.
조금 이기적이더라도 나를 누구보다 사랑하고 아껴주자.
당신을 응원하는 사람 중 가장 곁에 있는 건 '나' 자신이다.
당신의 인생이 항상 행복할 순 없어도 울음보단 웃음이 많은 그런
인생이 되기를 바란다.

— to. 원 울

\# 누구보다 빛나는 당신. 사랑합니다.

"이제는 행복해. 진심으로."